北望园文论丛书·文学专论系列

现代作家的人格意义

——老舍、闻一多合论

王桂妹◎著

时代文艺出版社

图书在版编目（CIP）数据

现代作家的人格意义：老舍、闻一多合论 / 王桂妹著.
—长春：时代文艺出版社，2017.9（2021.5重印）

ISBN 978-7-5387-5479-7

Ⅰ.①现… Ⅱ.①王… Ⅲ.①中国作家－现代作家－作家评论 Ⅳ.①I206.6

中国版本图书馆CIP数据核字（2017）第142032号

出 品 人　陈　琛

责任编辑　孟　婧

助理编辑　史　航

装帧设计　陈　阳

排版制作　毛倩雯

现代作家的人格意义
——老舍、闻一多合论

王桂妹 著

出版发行 / 时代文艺出版社
地址 / 长春市福祉大路5788号　龙腾国际大厦A座15层　邮编 / 130118
总编办 / 0431-81629751　发行部 / 0431-81629755
官方微博 / weibo.com / tlapress　天猫旗舰店 / sdwycbsgf.tmall.com
印刷 / 保定市铭泰达印刷有限公司
开本 / 880mm×1230mm　1 / 32　字数 / 66千字　印张 / 8.25
版次 / 2017年9月第1版　印次 / 2021年5月第2次印刷　定价 / 29.80元

图书如有印装错误　请寄回印厂调换

序说 "北望园"

张未民

北望园是一座房子，红瓦洋房。

不较真的话，也可以扩大点儿说北望园是一个以红瓦洋房为主体的院落，院落里还包括紧挨着的一处茅草房屋。为什么北望园要包括这处格调不一样的茅草屋？因为在小说家骆宾基的笔下，这座茅草屋和红瓦洋房的居民共同构成了一个生活氛围。这个氛围、这个生活有一个揪心的背景音从茅草屋传出，感染了整个院落，就叫作"北望"。

表面上，茅草屋和红瓦洋房共同的生活格调是庸常的，一地鸡毛，这种"表面"的生活也是小说家主打的生活景象。但是因为租住茅屋的有一位流落此地的北方来的美术教员，是位绘画艺术家，每当闲时或入夜，北方家园的乡愁便随风摇曳潜入院落，似水银泻了一地。因此，实际上倒是茅草屋更体现了红瓦洋房的名称主旨，那似乎潦倒流浪的茅屋生涯僭越了主体红瓦洋房，成为北望园动人而敏感的心悸。

说到这里，应赶紧交代，我们的"北望园"是著名的"东北作家群"成员之一骆宾基先生在其小说名篇《北望园的春天》中设计并建造的。它在大西南"甲天下"的名城桂林，坐落在丽君路上。

如果今天让"北望园"走出虚构，我相信，它是可以作为一个有着20世纪40年代西南风情和作为战时反讽存在的那个时代生活标本意义的旅游景点的。一边是大后方的庸常苦涩的生活，一边是遥远眷恋还乡的北望，东北作家的天才构思再一次显灵，他们总能于日常生计状态中提供悖论，拨动家国的神经，让慵懒的市民及其日子划过一道超越的、自由的、还乡的、情感的渴望之流光。这是一篇提供了生活反讽、进而提供了时代反讽的小说。北望园之名，乃是想象力反讽的标签与象征。想一想吧，居于南而有"北望"，平常心灌注进遥远的想、异常的想，东北作家所创造的空间美学不打动人才怪。于是北望，于是就有了那个时代之痛，那个时代的北方，尤其是东北，不仅有"雪落在北中国的土地上"，还有日本侵略者的铁蹄，一个字：殇。

北望，涉及一种叫作中国视野、中国时空的思维。地分南北，又共组时空。这种中国时空的完整性不可破碎，却总于现实中破碎，这破碎于是衍化为一个绵长的诗学传统"北望"，构成了对破碎的抵抗和诗性正义。"死去元知万事空，但悲不见九州同。王师北定中原日，家祭无忘告乃翁。"这是陆游的北望。在这样的北望中，天边的北方早已"铁马冰河入梦来"了。更知名的北望发生在唐安史之乱时期，杜甫写下了"国破山河在，城春草木深。感时花溅泪，恨别鸟惊心"的诗句。杜甫将其题为"春望"，但实质就是在蜀都草堂向北方关中帝都的北望。杜甫还说："老病南征日，君恩北望心"，"南京久客耕南亩，北望伤神坐北窗"。同是唐代的元稹的"我是北人长北望，每嗟南雁更南飞"，与杜甫诗句展开的思念空间具体内容可能不同，但都是中国时空的情调咏叹。然后，"中秋谁与共孤光，把盏凄然北望"（苏轼）、"北望可堪回白首，南游聊得看丹枫。"（陈与义），这样典型的中国姿态又感染到了宋代人的凄恻情怀，而陆游笔下的"北望"，则是中国文学史上最为突出和成功的，构成了一种抒情形象的"北望"。当然，除了北望，还有西望、东望、南望；如"西北望，射天狼"，东北望，"拔剑击大荒"，等等，不一而足。

中国文化重"望"。来到现代，骆宾基在这篇毫不逊色于现代中国任何优秀小说的作品中说，我怀念北望园的春天。这怀念什么样？怀念是一种望，是一种爱，爱在南方，有南方才有北望，要多惆怅就有多惆怅。

是该纪念纪念北望园了。

近八十年后，我们提议以北望园的名义再建一座大房，或一个院落。在当年被骆宾基北望的故乡，吉林省作家协会要编辑出版"吉林文论系列丛书"，蓦地想起，就叫它"北望园文论系列丛书"吧。既为"系列"，一望而三，有三个系列：文学评论家理论家个人文集系列、文学专论系列、文学活动文集系列。合起来，这是个中国地方性的文学社区，是中国文学的北方院落之一，我们就在这里望文学，或让文学望望我们。

望字之奇妙，于此构成了多重关系。首先，我们愿意将文学评论（理论）视为一种"望"，中医方法与技术，说望闻问切，望为中医四诊之首，望既可以当作一种文学评论的诊断方法、途径的指代，也可以当作望闻问切四种诊断方法的代表，一望便知，一望解渴，一望解千愁，真的可以满足借喻、指代文学评论的功能。其次，望总有方向，总有立足方位，望与家园相伴，所谓北望园，三字经，包含瞭望的视觉表述、北的方向方位的表述、立足的家园土地的表述，可谓要素组合齐备。尤其"北望"，与我们这个所谓文学评论社区又在方向方位上切已相关，真是一个好辞。当然，当年骆宾基受条件限制，其北望是由南向北望，而我们这里的文学评论之望，则可以有更多的交互与方位切换，包括由南向北所望，也可以立于我们的中国北方、中国东北而向南望去，向东向西望去，还可以北方文学北方作家之间的欣赏或自望，毕竟，北方、东北何其巨大辽阔，可容纳无尽的多向交叉叠压的北望的目光。北望，就是来自北方的望。再次，就是要借以向中国文学中的北望主题和北望表现传统致敬，向东北作家群的先贤们致敬，为了忘却的纪念（我们是否有过忘却？）和为了不忘却而纪念，庶几可大其心而尽其性。在这种望的判断力价值、方向价值与家园意识之外，望其实还提供给我们一种高尚的望，即仰望。抬头望见北斗星，心中有了想念。文学，哪怕是文学评论，都应是想念着什么的、想念了什么的。

骆宾基是吉林珲春人，除了是著名的作家外，还是一位有着跨界研究成就的金文学家。他和另几位东北作家群代表性作家萧军、端木蕻良、舒群等，1949 年后都未能回到东北老家，大都落脚于北京市的作家协会，所以离世前大约一直还保持着漫长的"北望"的姿态吧。那里有他们新的"北望园"否？坐落在北京市前门大街和平门红楼宿舍等处，他们在那里依然在说"我怀念北望园的春天"否？都不可能知道了。都不可能知道了我才敢说，我知道，他们一直在"北望"。

本丛书前年已出版了两种，朋友们建议，让我写几句话权当为序，显得郑重些，于是就写了以上话。

目　录

上编
精神人格论

生于天真：老舍的天真（上）

老舍是天真的。

老舍的"天真"体现为人格、流布于创作并构成他对社会、革命、政治及政党的理解，甚至可以说，老舍的人格魅力，文学世界的流光溢彩和他在新社会所焕发的政治热情以及主动终结生命的方式，都与这种"天真"的性情有着直接的关系。因此，当我们把"性格决定命运"这一陈词滥调用在老舍身上时，也并没有丧失它新鲜的启示意义。

一、老舍人格中的"天真"与"倔强"

"天真"是一种美品。中国的思想文化历来就对天真无邪的"赤子之心"抱有一种好感，怀有一份向往。但是以儒家思想文化为主要教化内容的礼教传统，在行为方式上实际又是一种塑造"老成"、追求"世故"的文化。儒家以"忠孝节义""三纲五常"为行为规范、以"修齐治平"为最高人格理想的训导教化方式，正是一个通过道德礼教的训诫与熏陶，不断剔除人的自然本性的过程，因此，"少年老成""老成持重"就逐渐成为备受称道的"理想青年"的人格状态。另一方面，作为与儒家礼教文化分庭抗礼的老庄哲学，则是以一种"法天贵真"的"天然"理念来对抗并修正这种被过分约束、雕琢乃至丧失了"天真"的人性。对于"天真"人性，论述最为完整有力的莫过于李贽的"童心说"。尽管李贽的"童心说"①是以"真儒"自命，去抨击那些"阳为道学阴为富贵，被服儒雅行若狗彘"的假儒，但是，就他所提倡的"绝假存真"的"一念之本心"而言，足以鼓荡起一种新的人格乃至审美风范，提请知识者省思为"闻见""道理"所侵蚀覆盖的"天真"本性，从而成为"天然人性"在社会化过程中的一种补偿与调适。可见，传统文化作为一个复合结构，尽管不同范畴之间的价值取向彼此对立，同一范畴内的阐释向度也相互排斥，但在总体上却构成了一种型塑人格的"合力"。"天真"与"老成"以奇妙的悖反状态构成了中国文化的和谐，并氤氲成一种典型的"中国式人格"。"老成持重"作为文化教养与为人处世之道，是一种要在理性层面刻意养成的庄重仪态，是一种"不激不随""无过无不及"的境界，而"天真"则是潜藏于内心世界的感性本真状态，是近乎无须刻意培养，甚至是与生俱来

① 《李贽文集》第一卷，社会科学文献出版社2000年版，72页。

的一种天然本性。但是，日渐精致严格的教化、理念既易
使其被遮蔽，过于沉溺的世俗生存又往往使其蒙尘乃至失
落，这就需要重新回归本心去召回它。李贽的"童心说"就
是针对世人（尤其是儒者）普遍丧失纯真本心所做的一次招
魂，是"真心"蒙尘时代的一次"荡涤"。因此，返归并卫
护一份天真童心始终是传统文化尤其是知识阶层的一种固有
情怀。

　　"天真"作为一种现代价值是"五四"启蒙以来伴随着
"人的发现"（包括妇女与儿童的发现）逐渐彰显出来的。陈
独秀在《敬告青年》中就对中国传统中以"老年本位"所形
成的"称人之语"——"少年老成"进行了抨击，而极力推
崇欧美人习用的"年长而勿衰"的青年本位取向。① 对中国
"老态文化"的抨击和对新鲜活泼的"少年中国"的期盼，
是现代启蒙知识分子共同的情怀。可见，"天真"无论是在
传统文化的积淀中还是在现代文明的求索中，从来都不仅
仅指一种纯粹生理年龄上的阶段性特征，更指向一个文化载
体所葆有的一份"真纯"情怀。正因为如此，它才由一种情
感层面的"本真"状态更进一步升华为一种理性人格，乃至
成为一种自觉的精神持守。从传统文化教养的深刻浸润中走
出来，又迎受了现代文明洗礼的中国现代知识分子和新文学
家，是双重文明铸就的生命复合体。但是，在一个"觉醒"

----

　　① 陈独秀：《敬告青年》，《青年杂志》1915年1卷1号。

的时代，他们所表现出来的"天真情怀"却又有着前所未用
的时代性特征。诸如冰心对于"童真、母爱、自然"三位一
体的温情表述，即融会着人道主义和基督教的博爱精神；又
如郁达夫直白的、大胆的赤子般的啼哭与欲求，则是一个刚
刚醒来的"人之子"所发出的带有血气的呼唤；即使阴冷、
深刻如鲁迅，我们从他对故乡那个纯真的少年闰土的怀恋以
及他"救救孩子"的呐喊声中，也不难感受到一个人道主义
知识分子的诚挚和天真。

在老舍身上，打着时代痕迹的"诚与真"也以独有的方
式流布于老舍的生命体验和人生感悟中。

老舍曾明确、公开地说过自己因生活艰困而"被迫老
成"的生命痛感和对"儿童""天真"的由衷喜爱。老舍自
述："我自幼贫穷，作事又很早……作事早，碰的钉子就特
别的多；不久，就成了中年人的样子。"但是老舍对于这种
因谋生所需而"假装出的稳重"并不满意："不应当如此，
但事实上已经如此，除了酸笑还有什么办法呢？！"①这并
没有磨损老舍的童心，或说相反，正是因为自觉意识到这种
外在迫压所造成的"童真"的过早丧失，致使老舍倍加珍
惜并呵护内心世界的"天真情怀"，尤其痛心于被文明教养
提前褫夺了天真稚趣的"小大人"："我爱小孩，花草，小

---

① 老舍：《我怎样写〈赵子曰〉》，《老舍文集》第十五卷，人民文学
出版社1995年版，171页。

猫，小狗，小鱼；这些都不'虎事'。偶尔看见个穿小马褂的'小大人'，我能难受半天，特别是那种所谓聪明的孩子，让我难过。比如说，一群小孩都在那儿看变戏法儿，我也在那儿，单会有那么一两个七八岁的小老头说：'这都是假的！'这叫我立刻走开，心里堵上一大块。世界确是更'文明'了，小孩也懂事懂得早了，可是我还愿意大家傻一点，特别是小孩。假若小猫刚生下来就会捕鼠，我就不再养猫，虽然它也许是个神猫。"①老舍对于自己所葆有的一颗"赤子之心"也是深感欣慰的，他把孩子看成"光明"和"希望"。老舍自叙写《小坡的生日》正是因为"爱小孩"，本来也想随手进行讽刺，"可是，写着写着我又似乎把这个忘掉，而沈醉在小孩的世界里，大概此书中最可喜的一些地方就是这当我忘了我是成人的时候……我对这本小书仍然最满意，不是因为别的，是因为我深喜自己还未全失赤子之心——那时我已经三十多岁了。""希望还能再写一两本这样的小书，写这样的书使我觉得年轻，使我快活；我愿永远作'孩子头儿'。对过去的一切，我不十分敬重；历史中没有比我们正在创造的这一段更有价值的。我爱孩子，他们是光明，他们是历史的新页，印着我们所不知道的事儿——我们只能向那

---

① 老舍：《又是一年芳草绿》，《老舍文集》第十四卷，39页。

里望一望，可也就够痛快的了，那里是希望。"①"孩子"在老舍这里是"光明"和"希望"的象征，也是"天真情怀"的表征，包括老舍对于友人的评判，都是不自觉地以"天真"作为最高的评价标准。他评价好友许地山"是个极天真可爱的人。"②他评价郭沫若："是个五十岁的小孩，因为他永是那么天真、热烈，使人看到他的笑容，他的怒色，他的温柔和蔼，而看不见，仿佛是，他的岁数。他永远真诚，等到他因真诚而受了骗的时候，他也会发怒——他的怒色是永不藏起去的。"③他评价史沫特莱："她既不摆架子，又不装腔作势。她真纯。"④他评价好友巴金："是个可爱的人。他坦直忠诚，脸上如是，心中也如是。"⑤或许应该说，老舍正是以自己一颗天真坦诚之心对待朋友，也因此发现了友人们身上这种同样可爱而可贵的品性："我的脾气是这样：不轻易交朋友，但是只要我看谁够个朋友，便完全以朋友相待。至于对小孩子，我就一律的看待，小孩子都可爱。"⑥

老舍的"天真"也让他以一颗宽容而洁净的心看待世间一切，从中看出"可爱"与"感动"来，不但是天真的孩

---

① 老舍：《我怎样写〈小坡的生日〉》，《老舍文集》第十五卷，181—182页。

② 老舍：《敬悼许地山先生》，《老舍文集》第十四卷，187页。

③ 老舍：《我所认识的沫若先生》，《老舍文集》第十四卷，221页。

④ 老舍：《大地的女儿》，《老舍文集》第十四卷，322页。

⑤ 老舍：《读巴金的〈电〉》，《老舍文集》第十五卷，295页。

⑥ 老舍：《我怎样写〈牛天赐传〉》，《老舍文集》第十五卷，203页。

子，即使是一些温弱的自然生命样态，诸如花草、小猫、小狗、小鱼等，老舍也同样倾注了温情与爱，并从中获得纯净的生命慰藉。老舍爱人爱物，但是这种孩子般的天真心态并没有连带造就他的怯懦，相反，老舍又是倔强的，在天真里有他的硬度。这种倔强的性格首先来自于他的出身，尤其是母亲的影响。母亲"是个愣挨饿也不肯求人的，同时对别人又是很义气的女人"。[①] 母亲"最会吃亏"，可是"并不软弱……她的泪会往心中落！"老舍充满了自豪与感恩地讲："这点软而硬的个性，也传给了我。我对一切人与事，都取和平的态度，把吃亏看作当然的。但是，在作人上，我有一定的宗旨与基本的法则，什么事都可将就，而不能超过自己划好的界限。"[②] 母亲给予老舍的是生命的教育。老舍性格中的这种"温和"与"硬气"也转绘到他笔下的人物身上，在祥子、"我"（《月牙》）、老李（《离婚》）、韵梅、祁老人（《四世同堂》）等这些在日常生活中以"和气""忍让"为原则的"弱势群体"身上，总能及时爆发出倔强与坚忍的人格力量，这是属于穷人的骨气，是"老舍式"的硬度。

当然，老舍性格中的"天真与倔强"也缺少不了一份基督教精神的洗礼。耶稣勇于背负十字架的"普世之爱"和

---

① 老舍：《我怎样写〈老张的哲学〉》，《老舍文集》第十五卷，166页。

② 老舍：《我的母亲》，《老舍文集》第十四卷，248—249页。

"献身精神"，融合着中国知识分子的忧患意识，构成了老舍的"救世"情怀，这同样是支撑起老舍性情的重要精神力量。这种"外圆内方""柔中带刚"的性格总是在需要的时刻彰显出力度，例如老舍在国难伊始便别妇抛雏投身抗战，在艰难而漫长的岁月中，以持续的热情投身于琐碎的文协事务，并随即放弃了成就其声誉的小说创作转而投入具有及时宣传效应的通俗曲艺的创作，心甘情愿，乐在其中，任劳任怨，不计得失。这种性格同样也使老舍在一个人性的灾难——"文革"——开端，便断然选择了沉湖。用"脆而不坚"的弃世行为来解释老舍的这种人生选择是一个可悲的误解。应该说为奔赴国难而献身和为了维护一个人的尊严而赴死，在老舍这里并无二致，这是他设定的生命价值底线，也是老舍的人格力度。老舍自己也说过："设若我能管住生命，我不愿它又臭又长……我愿又臭又硬。"①

二、老舍笔下的"天真"与"温厚"

葆有一派"天真"，怀有几分"童趣"，对于一个人来说是"可爱"的，对于一个作家来说则是"可贵"的。老舍更把"天真"看作成为一个好作家的必要条件："哲人的智慧，

---

① 老舍：《臧克家的〈烙印〉》，《老舍文集》第十五卷，276页。

加上孩子的天真，或者就能成个好作家了。"① 在老舍的笔端，这种"智慧与天真"集中体现为老舍式的"幽默"。

老舍自创作伊始与"幽默"建立了血脉关联之后，就始终没有停止过对于"幽默"和"讽刺"的刻意区分。尽管在实际创作中难免情不自禁地越界，但是老舍总是努力地把"幽默"与"讽刺"划清界限。这种有意地清理与其说是为了从形式技巧上分辨两种艺术手法，毋宁说是一种人生态度和情感上的剖白与定位。在老舍这里，"幽默"与"讽刺"绝不仅仅是两种可以模糊混淆的创作手法，而是两种不同的为人处世的心态："幽默者的心是热的，讽刺家的心是冷的。"由这种内世界的"冷"与"热"外化成文字，即构成两种不同的风格："幽默者有个热心肠儿，讽刺家则时常由婉刺而进为笑骂与嘲弄。……讽刺因道德目的而必须毒辣不留情，幽默则宽泛一些，也就宽厚一些，它可以讽刺，也可以不讽刺，一高兴还可以什么也不为而只求和大家笑一场。"可见，老舍首先是把"幽默"看作一种对待世事的心态："所谓幽默的心态就是一视同仁的好笑的心态。有这种心态的人虽不必是个艺术家，他还是能在行为上言语上思想上表现出这个幽默态度。这种态度是人生里很可宝贵的，因为它表现着心怀宽大。一个会笑，而且能笑自己的人，决不会为件小事而急躁怀恨。往小了说，他决不会因为自己的孩

① 老舍：《未成熟的谷粒》，《老舍文集》第十四卷，172页。

子挨了邻儿一拳，而去打邻儿的爸爸。往大了说，他决不会因为战胜政敌而去请清兵。褊狭，自是，是'四海皆兄弟'这个理想的大障碍；幽默专治此病。嬉皮笑脸并非幽默；和颜悦色，心宽气朗，才是幽默。"[①] 幽默首先是一个人用诚挚宽和的热心肠看待世界的结果，老舍正是如此。这种宽和的幽默心态也成就了他笔下的宽容："他悲观，他顽皮，他诚实；哼，他还容让人呢……他不但这样容让人，就是在作品之中也是不肯赶尽杀绝。"[②] 正是这种"要笑骂，又不赶尽杀绝"的态度，使老舍的创作既不同于他成名之前的主流文学——启蒙文学，更殊异于他同时代的文学主潮——革命文学。"幽默"使老舍成为他自己。同样是用笔蘸着血泪描摹社会的苦难、黑暗以及底层民众的痛苦与不幸，老舍是在以"恨""怒"为时代主调的呐喊与控诉中，向文坛捧出了他独具一格的"爱"与"宽容"。

"五四"以来，以鲁迅为旗手的启蒙文学都是以"哀其不幸，怒其不争"作为情绪主调的。在启蒙者眼中，民众的愚昧、麻木、冷漠、自私，既让他们深感同情，又令他们痛心疾首。启蒙者从事文学的目的也正在于"揭出病苦，引起疗救的注意"。无疑，启蒙文学家们都是以一种人道主义的热切情怀来剖析国民劣根性的，但是这种终极意义上的"热

---

① 老舍：《谈幽默》，《老舍文集》第十五卷，232—235页。
② 老舍：《"幽默"的危险》，《老舍文集》第十五卷，314页。

切情怀"又往往冷凝为笔端的冷峻乃至尖刻。冷静的谛视与尖锐的批判是启蒙文学的整体格调。虽然这其中不乏启蒙者的深哀剧痛，然而也许正是"爱之深"进而"恨之切"，亡国灭种的民族危机与改变国民性的激切愿望，更促使他们把哀痛变成"救救孩子"的热切呐喊和笔端辛辣的讽刺与批判。直到 20 世纪 40 年代，以胡风为代表的启蒙文学家们还延续着鲁迅的这一思路，主张对民众身上"几千年的精神奴役的创伤"进行无情的鞭挞。"启蒙文学"，这种根底上烙印着"爱与同情"的文学，实际则是以一种冷峻无情的方式表达出来的。这种"内热外冷"的表现样式与启蒙者对自身的定位有着绝大的关系。面对无知愚昧的民众，启蒙者是以导师的姿态自居的，面对病态的社会与人生，启蒙者又是以医生的身份出现的。"导师"与"医生"的身份，使启蒙者以一种高高在上的超越姿态俯视着庸众，悲悯着他们的不幸，也讽刺着他们的麻木不争。

老舍也忧虑着、哀叹着民族的退化与文化的衰老："民族要是老了，人人生下来就是'出窝儿老'。出窝儿老是生下来便眼花耳聋痰喘咳嗽的！一国里要有这么四万万出窝儿老，这个老国便越来越老，直到老得爬也爬不动，便一声不出的呜呼哀哉了！"[①]对于老民族里的这些老儿女们，诸如老马（《二马》）、张大哥（《离婚》）、牛老者（《牛天赐传》）、

---

① 老舍：《二马》，《老舍文集》第一卷，438—439页。

祁老人、祁天佑（《四世同堂》）……老舍也写出了他们身上所代表的"民族性"（老舍并没有用"劣根性"一词）：这些人安分守己，知礼守法，都是些"永远顺着车辙走的人"，即使死了，也是"地狱中最安分的笑脸鬼"。^①但是他们又茫然、怯懦、敷衍。老舍对于老马的概括几乎成了这一类人的鲜活写照："他不好，也不怎么坏；他对过去的文化负责，所以自尊自傲，对将来他茫然，所以无从努力，也不想努力。他的希望是老年的舒服与有所依靠；若没有自己的子孙，世界是非常孤寂冷酷的。他背后有几千年的文化，面前只有个儿子。他不大爱思想，因为事事已有了准则。这使他很可爱，也很可恨；很安详，也很无聊"。^②同是面对阻滞了民族生存奋进的老态文化和愚弱国民，老舍没有施以启蒙文学家满含血泪的痛斥与批判，而代之以宽容、同情的笑。或者说，老舍是有意"失了讽刺，而得到幽默"。在老舍看来"幽默中是有同情的。我恨坏人，可是坏人也有好处；我爱好人，而好人也有缺点。'穷人的狡猾也是正义'，还是我近来的发现"。^③老舍的这种宽和同样来自他幽默的处世心态，这使他不仅对老马这样既可恨又可爱的老中国的儿女不忍心痛下针砭，即便是对于他讨厌的英国人也一并宽恕了，老舍

---

① 老舍：《离婚》，《老舍文集》第二卷，323页。
② 老舍：《我怎样写〈二马〉》，《老舍文集》第十五卷，176页。
③ 老舍：《我怎样写〈老张的哲学〉》，《老舍文集》第十五卷，166页。

说是"幽默宽恕了他们，正如宽恕了马家父子，把褊狭与浅薄消解在笑声中，万幸！"①

　　正如老舍自己所讲，他的幽默的心态是一视同仁的，而且这种一视同仁的笑并不把自己排除在外，"他怎么笑别人也怎么笑自己"。②因此，当老舍以幽默的心态看出世人的愚笨可怜，发现世间的缺欠可笑之处时，他并不是把自己当作置身其上的一个审视者，以悲悯之心俯视着可怜的芸芸众生。"幽默"使老舍超越了启蒙者居高临下的审视与教训的姿态以及施以旁观者的冷嘲热讽。"幽默在态度上没有讽刺这样厉害"，"因为幽默者的心态较为温厚，而讽刺与机智则要显出个人思想的优越。""机智是将世事人心放在 X 光线下照透，幽默则不带这种超越的态度，而似乎把人都看成兄弟，大家都有短处。"③正是这种一视同仁的平视姿态，使老舍的"笑"绝不是以高高在上的姿态对世间"愚人们"的一种轻蔑或冷嘲，而恰恰是"爱"与"同情"。正是这种"有我在内"的兄弟式的温情，也使老舍没有像启蒙者那样一味发掘人物身上的弱点作为国民劣根性批判的靶子，在这些可笑的愚人身上，老舍更发现了他们的可爱："他看世人是愚笨可笑，可是也看出他们的郑重与诚恳；有时正因为他们爽

---

① 老舍：《我怎样写〈二马〉》，《老舍文集》第十五卷，177页。
② 老舍：《"幽默"的危险》，《老舍文集》第十五卷，314页。
③ 老舍：《谈幽默》，《老舍文集》第十五卷，233、234页。

直诚实才可笑，就好象我们看小孩子的天真可笑，但这绝不是轻视小孩子。一个幽默家的世界不是个坏鬼的世界，也不是个圣人的世界，而是个个人有个人的幽默的世界。"① 老舍笔下的老中国的儿女们，处处展露着这种愚笨可笑、真诚可爱的品性：张大哥（《离婚》）对周围所有人毫不图回报的热心，全力营造着自己与大家和谐安稳的生活；祁天佑（《四世同堂》）一心一意只想做一个安分守己讲道德的生意人；沙子龙（《断魂枪》）痴心留恋着那个已经逝去的江湖镖师的威风与尊严；钱掌柜（《老字号》）一心想把"以德服人"的老字号维持下去；"我"（《月牙》）只是想过一种自食其力的干净的生活；祥子（《骆驼祥子》）把买车当成自己的信仰，如一只骆驼一般奔波在风里雨里，为一个车夫的体面生活而奋斗……他们坚守着自我设定的道德底线，坚持着自己所认定的人生目标，他们善良、单纯、热心、坚忍，有着堂吉诃德式的天真与执着。虽然他们善良的愿望与梦想无一不被虎狼的社会戏弄、践踏、吞噬，但是世界越是肮脏，就越是显示出他们的天真与纯净。即便是《月牙》中的女孩儿或者骆驼祥子那样最终自暴自弃地堕落，老舍也深知这不是他们的错，他们都是社会病胎里的产儿。因此老舍越是痛恨社会，就越是爱这些人，他把自己的全部温情都投注给这些人。在他看来："世上最伟大的人，最有理想的人，也许正是最愚

---

① 老舍：《滑稽小说》，《老舍文集》第十五卷，285页。

而可笑的人,吉珂德先生即一好例。幽默的写家会同情于一个满街追帽子的大胖子,也同情——因为他明白——那攻打风磨的愚人的真诚与伟大。"①老舍坚信,这些人必定会在民族的灾难中爆发出他们应有的正义性力量,老舍对于民族深处所存储的这种巨大的精神力量始终是坚信不疑的!

老舍的幽默也使他和他所立身的时代主潮——革命文学——拉开了距离。20 世纪 20 年代中后期风起云涌、到了 30 年代已波澜壮阔的革命文学,是烙印着深刻的阶级印痕的文学。鲜明的阶级立场,强烈的阶级情感是革命文学的普遍特征。本来,爱憎分明的阶级情感是由两个方面构成的,即对于本阶级(无产阶级)的爱和对敌对阶级(资产阶级)的恨,但实际在革命文学叙事中,"阶级仇恨"的表达与倾泻要远胜于"阶级友爱"的表达。这种"阶级爱恨",更确切地说是"阶级仇恨"自 20 世纪二三十年代以来逐渐成为支配中国文学的主导情感,并由此逐渐氤氲成一种以"恨"为主色调的文学。中国无产阶级的革命历史进程中,愈来愈强化的阶级斗争意识也使人们坚信"没有无缘无故的爱,也没有无缘无故的恨","爱憎分明不忘本,立场坚定斗志强"才是无产阶级战士的好榜样。

但是,老舍的文学世界却并不是一个"立场鲜明""爱憎分明"的世界。对于"好人"与"坏人",他都抱有宽容

---

① 老舍:《谈幽默》,《老舍文集》第十五卷,235页。

和同情:"我恨坏人,可是坏人也有好处;我爱好人,而好人也有缺点。'穷人的狡猾也是正义'。"① 在一个世界性的"红色三十年代",老舍是以自己的幽默回避了,或者说,殊异于阶级斗争在文学中的白热化描写。但老舍并非是一个不关注时代的书呆子,对于 20 世纪 30 年代风起云涌的革命浪漫谛克小说中对革命的浪漫想象,老舍颇有异见:"幽默的人,据说,会郑重的去思索,而不会郑重的写出来;他老要嘻嘻哈哈。假若这是真的,幽默写家便只能写实,而不能浪漫。不能浪漫,在这高谈意识正确,与希望革命一下子成功的时期,便颇糟心。那意识正确的战士,因为希望革命一下子成功,会把英雄真写成个英雄,从里到外都白热化,一点也不含糊,像块精金。一个幽默的人,反之,从整部人类史中,从全世界上,找不出这么块精金来;他若看见一位战士为督战而踢了同志两脚,似乎便有点可笑;一笑可就泄了气。幽默真是要不得的!"② 对于"革命"的"去浪漫化"理解,使老舍并没有站在某一阶级的立场上进行维护或者抨击,而更愿意立身其外:"他看清了革命是怎回事,但对于某战士的鼻孔朝天,总免不了发笑。他也看资本家该打倒,可是资本家的胡子若是好看,到底还是好看。这么一来,他

---

① 老舍:《我怎样写〈老张的哲学〉》,《老舍文集》第十五卷,166页。

② 老舍:《"幽默"的危险》,《老舍文集》第十五卷,313页。

便动了布尔乔亚的妇人之仁，而笔下未免留些情分。"① 在老舍看来，"笑"能成就的伟业远胜于"流血革命"："以招笑为写作的动机决不是卑贱的。因笑而成就的伟业比流血革命胜强多少倍，狄更斯的影响于十九世纪的社会改革是最经济的最有价值的。马克·吐温的以美国商业化的观识作幽默的材料，不仅是招笑，而是也替近代文明担忧。"因此，老舍的"笑"绝不是浅薄的"招笑"之举，更不是"将屠户的凶残，使大家化为一笑，收场大吉"（鲁迅语），老舍有自觉的、严肃的全社会乃至全人类的目的与追求："幽默之引人发笑是基于人类天性的。笑是多方面的：笑是与情绪隔开的，所以他近乎天真。……只有自由国家的人民才会产生狄更斯与阿里斯芬那样的人，因为笑是有时候能发生危险的。在自由的国家社会里，人民会笑，会欣赏幽默，才会笑别人也笑自己，才会用幽默的态度接受幽默。反之，在专制与暴动的社会国家中，人人眼光如豆，是不会欣赏幽默的。"②

如果说革命文学的目的是要唤醒底层民众的阶级斗争意识，激发普罗阶层的阶级仇恨，进而促使民众走向无产阶级革命，那么老舍则是要用"幽默"唤醒并指导一种爱心。他引用萨克莱（Thackeray）的话说："幽默的写家是要唤醒与

---

① 老舍：《"幽默"的危险》，《老舍文集》第十五卷，314—315页。
② 老舍：《滑稽小说》，《老舍文集》第十五卷，286—287页。

指导你的爱心，怜悯，善意——你的恨恶不实在，假装，作伪——你的同情与弱者，穷者，被压迫者，不快乐者。"① 应该说，在一个阶级社会和阶级斗争炽热的时代，"阶级意识"是必要的。但是不是所有的人，尤其是文学家都一定要建立一个非左即右的阶级立场，这样的立场虽然使文学具有了宣传的或者批判的力度，但是这一立场也容易限制了作家的眼界，而丧失了对社会乃至对人类的整体人文关照。作家有作家的职责，但并不一定都要成为并且只能成为某一阶级的革命战士。其实，老舍一贯同情弱者、穷者、被压迫者，替他们诉出心声，这本身就与无产阶级立场有着内在的一致性，同时又超越了阶级范畴的爱。老舍的爱是一种超越现实政治的爱，既带有基督教精神的博爱、泛爱，同时也浸染着中国传统的"四海之内皆兄弟"的大同理想色彩。基督教的博爱，普世之爱与阶级之爱有着殊异色彩，在基督教的博爱里，恨是没有位置的，近乎一种"无缘无故的爱"，而在阶级之爱里，阶级仇恨则是一个必要的前提。老舍的文学以他的幽默在一个黑白分明的"恨"的时代性色调中播撒着温情与爱。

老舍的爱似乎没有差别，"一个幽默家的世界不是个坏鬼的世界，也不是圣人的世界，而是个个人有个人的幽默的

---

① 老舍：《谈幽默》，《老舍文集》第十五卷，230页。

世界。"① 但是这并不等于老舍的爱没有底线："一个会笑，而且能笑自己的人，决不会为件小事儿急躁怀恨。往小了说，他决不会因为自己的孩子挨了邻儿一拳，而去打邻儿的爸爸。往大了说，他决不会因为战胜政敌而去请清兵。"② 可见老舍并没有丧失自己的是非判断、好坏之分的标准，只不过他所划定的爱憎的界限不是在"阶级"上而是在"国家民族"上。他说："爱你的国家与民族不是押宝。啊，这回我可押对了，准赢；不，不，不，这应不是赌博，而应是最坚定的信仰。"③ 有学者指出老舍对于政治或者革命，"虽然他的理解不乏'旁观者'的误解，在表现上也有较大的片面性，然而，他却没有以政治性介入的姿态选择政治冲突中非此即彼的哪一种立场。对于老舍来说，如果要说'立场'，那他始终坚持的是一个'国民'的责任和视角。他给予责任承诺的对象不是哪一个政治集团的利益，而是与每一个国民都利益攸关的'国家'，或者说与'国家'视为同义的'民族'。"④20 世纪 30 年代正值创作盛期的老舍并没有投身于革命文学的主流叙事。冷眼看革命并不代表冷漠看世事，相反，老舍对于整个国家民族始终怀着热烈的忧患情

---

① 老舍：《滑稽小说》，《老舍文集》第十五卷，285页。
② 老舍：《谈幽默》，《老舍文集》第十五卷，235页。
③ 老舍：《血点》，《老舍文集》第十五卷，371页。
④ 孔范今：《解读老舍》，《走出历史的峡谷》，山东文艺出版社1997年版，324页。

怀。因此，当民族危难降临的时候，老舍毫不犹疑地奔赴抗日前线，全身心投入到那场伟大而艰辛的民族抗战中，显示了一个中国人应有的血性、毅勇和知识分子应有的良知与热忱。应该说，老舍比其他知识分子、作家投入得更多。他不但成为文艺界抗敌协会的主要负责人，承担着繁重琐碎的日常工作，而且还心甘情愿地"牺牲了文艺，牺牲了自己的趣味，名誉，时间，与力气！有了牺牲的决心，才能把苦痛变为快乐。我有时候真想自杀！"[①]在老舍看来，"艺术家并无超特之权，把救国的责任轻轻放过去，而专虔诚礼拜艺术之神。前线的健儿为国流血的有那么多，艺术家为何不应牺牲了自己的那点艺术成见，而看事作事，为国家尽点力呢？即使这是有损于艺术家的尊严，大概也比作亡国奴强吧？"[②]在老舍，国家民族才是他的人格底线。

（原载《福建论坛》2009年2期）

---

① 老舍：《制作通俗文艺的苦痛》，《老舍文集》第十五卷，355页。
② 老舍：《连环图画》，《老舍文集》第十五卷，330页。

死于天真：老舍的天真（下）

老舍的"天真情怀"，让他以一颗宽容而纯真的心看待世间的一切，同时他也把"天真"看作成为一个好作家的必要条件："哲人的智慧，加上孩子的天真，或者就能成个好作家了。"①"天真"作为一种精纯的生命样态在老舍这里体现为宽厚幽默的人格和热烈诚挚的文心。但是"天真"的心灵往往因为纯净而容不下污秽，"天真"的眼睛也难免因为单纯而产生盲区。

生于天真者也往往死于天真。

但是，"死"，尤其对于真正的诗人或者葆有诗人情怀的人而言，从来都不是一种怯懦与退却，而是一种决绝与持守。

老舍即是如此。

---

① 老舍：《未成熟的谷粒》，《老舍文集》第十四卷，172页。

一、老舍政治理念上的"单纯"与"真挚"

"天真"的另一副面相是"单纯"——单纯的思想、单纯的热情、真诚的投入。这体现在老舍的世界观中，不仅仅表现在他对救助人间苦难的草莽英雄——"黄天霸"的天真期待与向往，更表现在老舍对社会与现实政治的理解和参与上。

在抗战期间的"诗人节献词"中，老舍说：

"诗人"与"文人"似当有别，但广泛的来说，凡属创作的想象的文艺作品统可称之为诗；同样的，凡气度崇高，富有创造力与想象者统可被誉为诗人，故诗人节实为文艺节，不必再有戏剧家节，小说家节，及杂文家节也……所谓诗人者，非谓在技巧上略知门径之诗匠也。诗人在文艺上固须有所表现，其为人亦须与诗相备配。诗所以彰正义、明真理、抒至情，故为诗者首当有正义之感，有为真理牺牲之勇气，有至感深情以支持其文字。诗若是天地间浩然的正气，诗人也正是此浩然正气的寓所……抗战四年，举国在同一崇高的理想下共赴国难，头可杀而节不可辱；此理想是诗的本质，此艰苦为诗的本事。有此本质，故敢以血涤辱，以弱敌强。有此本事，故举世惊震，交相赞美。①

老舍自己正是这样以一个诗人的正义与热忱投入到这场神圣的捍卫民族尊严的战争中的。抗战期间，老舍放弃了驾轻就熟并使自己取得巨大声誉的小说创作，带着诗人的真纯热情和战士的牺牲精神，转向了具有及时宣传鼓动效应的通俗文艺创作，并身为文艺界抗敌协会的主要负责人，承担着繁重琐碎的日常工作，心甘情愿地"牺牲了文艺、牺牲了自己的趣味，名誉，时间，与力气！"②抗战期间的老舍不是为政治热情所鼓荡而是为民族情感所激励。在新中国成立之后，老舍接受召唤回到祖国，才焕发了他的"政治热情"。与其说是老舍找到了政治，不如说是政治找到了老舍。

对于共产党领导下的新政权，老舍一扫政局大变动时期非左翼知识分子常有的疑虑不安和谨慎观望的态度，以极大的热情融入到了这个新社会中。这不免让人疑惑，曾经在《猫城记》中对中国共产党及其领导的革命进行了揶揄和嘲讽的老舍，何以彻底转变了态度？而老舍从本质上看又并不是一个"依附型"的作家。这，还要从老舍性情上一贯的天真、宽厚、热情来理解。老舍是一个社会责任感极强的作家，在老舍的情感天平上，那些生存于社会底层的弱者、穷

---

① 老舍：《诗人节献词》，《老舍文集》第十五卷，465—466页。
② 老舍：《制作通俗文艺的苦痛》，《老舍文集》第十五卷，355页。

者、被压迫者、不快乐者，那些大杂院的兄弟姐妹们的穷苦生活是否得到了改善，他们是否获得了人的尊严，是他衡量一个社会好坏，评价一个政权良莠的价值准星。回国后的老舍，正是用自己的眼和心真切地看到、体会到了共产党所领导的新中国正是这样一个为穷人谋幸福的国度。

中国自封建王朝解体到新中国政权建立之前，经历了漫长的混乱和战乱的年代，满怀忧患的中国知识分子们在批判黑暗的社会现实之余，都不忘对理想光明世界的期待和描绘。在中国历史面临着多条道路选择的年代，无论是西方的资本主义民主政治，还是苏俄的共产主义社会，甚至是更具有激进色彩的无政府主义，等等，都各自有它的倾情信奉者和倾力实践者。抛却各种"主义"之间的政见差异，从根本上讲，这些信仰与实践都是中国知识分子本着救国的热情和责任，本着各自不同的理想为国家和民族寻找拯救方案的一种努力和实践。或者说"中国"在黎明前的黑暗中，一直在摸索一条更适合自身的政治道路。在老舍的笔下，并没有如当时信奉某种"主义"的知识分子们那样，悬设一个高远的社会政治理想，相反，与那些挣扎于贫困线上的大杂院的底层市民一样，痛感"肚子饿是最大的真理"。这也决定了老舍心中有一个切近眼前的、穷人式的天真梦想。谈到理想社会，老舍曾经像个孩子一样描画了一个童话般的美好世界："我自幼贫穷，作事又很早，我的理想永远不和目前的事实相距很远，假如使我设想一个地上的乐园，大概也和那初民的满地流蜜，河里都是鲜鱼的梦差不多。贫人的空想大概离不开肉馅馒头，我就是如此。"① 与这个童话世界相匹配的则是在老舍的深层意识中，总也摆脱不了童年时代的"黄天霸"的梦想，这种梦想复现在他的小说里面，是不断出现一些带有侠义色彩的人物，在穷人遭受困厄、受到欺负时实施最后一刻的营救，最典型的例子就是《离婚》。当"好人"张大哥以及诚恳仗义的老李都遭受到流氓小赵的欺负，将陷入家破人亡的危难境地时，那个平时憨厚老实、默默无闻的孙二爷突然爆发出了一股不可思议的力量和胆量，把小赵骗到苇塘掐死了，致使"好人们"最终化险为夷。类似这样的"最后一刻营救法"在老舍的小说中并不罕见。这种近乎突兀的描写虽然使老舍小说的现实抨击力度有所弱化，但是其中所透露出来的老舍内心深处的期盼——善有善报，恶有恶报的美好愿望却是实实在在的。

当然，老舍也不是没有意识到，"黄天霸"只不过是穷人的一个空梦。老舍也盼望着社会真正改变，甚至在《月牙》的前身《大明湖》中还描写了一位共产党员。老舍坦承并没有给那些受压迫的人找到出路，只是代他们申冤诉苦，并没有敢说他们应当如何革命："为什么呢？第一是，我看见在当时的革命文学作品里，往往内容并不充实，人物并不

---

① 老舍：《我怎样写〈赵子曰〉》，《老舍文集》第十五卷，171页。

生动，而有不少激烈的口号，像：几个拣煤核的孩子，拣着
拣着煤核儿，便忽然喊起：我们必须革命。第二是，我只模
糊的由书本上知道一点革命的理论，不敢用这一点理论去写
革命的实际。"①正是对于这种浅近的"革命"的隔膜乃至怀
疑才使得老舍写出了《猫城记》那样的讽喻性作品。但是与
其说老舍对共产党及其革命的讽刺是因为政见的不同和主义
的背离，倒不如说是来自对于社会的整体性失望："我为什
么要写这样一本不高明的东西也有些外来的原因。头一个就
是对国事的失望，军事与外交种种的失败，使一个有些感情
而没有多大见解的人，象我，容易由愤恨而失望。"②

　　如果说在一个巨大的民族灾难面前，一个知识分子或者
说一个真正的中国人无可选择，唯有投入这场战争，那么，
当民族存亡的危机结束，国家面临具体政权之间的较量的时
候，现实政治的选择与皈依则成为一个难题，但却又是一个
无可躲避的选择。20 世纪 40 年代末期，国共两党的内战接
近尾声的时候，中国知识分子也到了选择左与右、去与留的
最后分流期。与那些与共产主义和无产阶级政权对立，进
而在政权更迭之际选择离去的知识分子不同，老舍选择了在
新中国成立之后归来，并以前所未有的热情投入到了这个新
社会的生活和政治中。而且，老舍的选择并非是一时的情绪

---

　　① 老舍：《〈老舍选集〉自序》，《老舍文集》第十六卷，223页。
　　② 老舍：《我怎样写〈猫城记〉》，《老舍文集》第十五卷，188页。

激动，心血来潮。实际上，早在抗战时期，老舍就对中国共产党产生了好感。1939年，老舍曾以中华全国文艺界抗敌协会代表的身份，随全国慰劳总会北路慰劳团到过陕甘宁边区，在延安受到毛泽东和延安各界的热烈欢迎。老舍在《剑北篇》中对于这次延安之行有过记载，在《宜川——清涧》中，老舍写道：

离开了甘泉，车行缓缓，

虽没有黄龙山上的恶岭急弯，

可是路碎沙拥，还容易遭险。

太阳西落，我们望见了延安：

……

看，那是什么？在山下，在山间，

灯火闪闪，火炬团团？

那是人民，那是商店，

那是呀劫后新创的：

山沟为市，窑洞满山，

山前山后，新开的菜圃梯田；

噢，侵略者的炸弹，

有多少力量，几许威严？

听，抗战的歌声依然未断，

在新开的窑洞，在山田溪水之间，

壮烈的歌声，声声是抗战，

一直，一直延到大河两岸！

在这里，长发的文人赤脚终年，

他们写作，他们表演，

他们把抗战的热情传播在民间，

冷笑着，他们看着敌人的炸弹！

焦急的海盗，多么可怜，

轰炸的威风啊，只引起歌声一片：

唱着，我们开山，

唱着，我们开田，

唱着，我们耕田，

唱着，我们抗战，抗战，抗战！

在《榆林—西安》中，老舍又写道：

到延安，又在山沟窑洞里备受欢迎：

男女青年，谐音歌咏，

中西乐器，合奏联声，

自制的歌，自制的谱，由民族的心灵，

唱出坚决抗战的热情：

为了抗战宣传，话剧旧剧兼重，

利用民歌与秦腔，把战斗的知识教给大众。

在这些平实的诗中，我们不难读出老舍对延安的"向往"与"赞美"之情。而据臧克家回忆说，"1939年，老舍参加了延安参观访问团，后来对我说：'崭新的天地，崭新的人，真是大开眼界，也大开心窍呀。在一次招待宴会上，毛主席和我对杯，我说，我可不敢，主席身后有几万万呀，主席笑了。'"① 应该说，老舍的这种向往、喜悦之情不仅仅是属于老舍自己的，尤其是在抗战后期，身处大后方的很多知识分子，备受战时生活煎熬与痛恨国民政府腐败无能之余，都对中国共产党和延安政权产生了向往之情，这也是老舍拥护新中国的情感基础。

自然，老舍不同于政权之内对于无产阶级革命始终怀有忠诚信仰的革命知识分子和文学家在革命胜利后的喜悦与歌颂，也不同于诸多转而主动皈依新政权的知识分子略带夸张的"热情"与"颂歌"，当然与许多虽然留下但慎重地保持"缄默"与"距离"的知识分子也不一样。老舍本着自己的"真心"拥护这个新的政权。他并非接受了什么政治宣传，而是亲眼看到了一个在旧社会给穷人们造成灾难的"龙须沟"，如何在新社会里被填埋，看到了曾经压在最底层的穷苦市民如何有了扬眉吐气的新生活。新中国成立后老舍再次回到北京居住，欣喜地看到了北京翻天覆地的变化，情不

---

① 张桂兴编：《老舍年谱》（上册），上海文艺出版社1997年版，298页。

自禁地说:"我知道北京美丽,我爱她象爱我的母亲。因为我这样爱她,所以才为她的缺点着急、苦闷。我关切她的缺欠正象关切一个亲人的疾病。是的,北京确实是有缺欠。那些欠缺是过去的皇帝、军阀和国民党政府带给北京的。他们占据着北京,也糟蹋北京。……到今天,我已经在北京住了一年。在这一年里,我所看到听到的都证明了,新的政府千真万确是一切仰仗人民,一切为了人民的……最使我感动的是:这个为人民服务的政府并不只为通衢路修沟,而且特别顾到一向被反动政府忽视的偏僻地方。在以前,反动政府是吸去人民的血,而把污水和垃圾倒在穷人的门外,叫他们'享受'猪狗的生活。现在,政府是看哪里最脏,疾病最多,便先从哪里动手修整。新政府的眼是看着穷苦人民的。"① 老舍自幼身为大杂院中的一员,亲眼看到了"穷人"的变化。这里完全没有虚假的热情和事关利益的吹捧,而是真诚的喜爱。与其说老舍在新中国成立之后焕发了从未有过的政治热情,不如说老舍是把自己的"诚与真"献给了他所亲眼看到并真心热爱的一个新社会:"我必须说,我的政治思想水平并不怎么高。但是,只要我睁着眼,我就不能不看到新社会的一切建设,深深地受到感动。这样,多看到一点就多受一点感动,也就不可能不使政治热情日渐增高。眼见为实,事实胜于雄辩,用不着别人说服我,我没法不自动地热爱这个

---

① 老舍:《我热爱新北京》,《老舍文集》第十四卷,312—313页。

新社会。新社会的人民是自由的，日子过得好，新社会的街道干净，有秩序；新社会的进展日新月异，一日千里；新社会的……。这些，都是我亲眼所见，我就没法不兴奋，不快活，不热爱新人新事。除非我承认自己没有眼，没有心，我就不能不说新社会好，真好，比旧社会胜强十倍百倍。我怎能承认我没有眼，没有心呢！我能甘心作个自欺欺人的骗子么？这就说明了，我的政治热情是真的。"他由衷赞叹："多么现实，多么丰富，多么美丽的新世界啊！"[①] 这绝非诗人般的矫情，更非违心的附和，而是一个曾经生活在底层，亲历了旧社会苦难的一个作家的真诚礼赞。

但是，"革命"与"政治"究竟是怎么回事，也许老舍并没有真正理性上的深度思考，他只是用自己诗人般纯真的眼睛看世界，用自己宽厚的心感受这个变化了的世界。这既让老舍在新中国成立前对国事的失望中写出了《猫城记》式的讽寓作品，也让老舍在新中国的感动中写出了《龙须沟》一类的歌颂之作。对于同一个政党态度的变化，并非来自老舍的世故与圆滑，恰恰相反，而是来自他一贯的天真、宽和与热忱。因为有真诚的心做"里子"，也使得老舍在新中国成立后的创作截然不同于某些作家基于时局的变化和自身安危的考虑所做的"立场"上的主动调整。老舍判断一个政

---

① 老舍：《生活，学习，工作》，《老舍文集》第十四卷，328—331页。

权、一个政党的标准只有一个，即生活在大杂院的穷人们的生存状况是否得到了改善。老舍正是从亲身的经历中感受着新旧社会翻天覆地的变化。在一个旧社会中，无论是旧军阀，还是国民党的统治，老舍亲眼看到，亲身感受到的，恰恰是穷人们的困厄，这是老舍小说创作的全部内容。而在共产党所建立的新中国，老舍曾经期待的理想社会终于实现了！老舍继续用笔表达着自己的感受："十年来，我写了十多部话剧剧本。其中，除了《茶馆》一剧，其他的剧本都写的是随时发生的事情。北京市政府为劳苦大众去修奇臭的龙须沟了，我就写了《龙须沟》；曲艺演员得到了解放，我就写了《方珍珠》。此后，《春华秋实》《青年突击队》《西望长安》《红大院》《女店员》，和最近写的《全家福》，都是如此，都写的是眼前发生的事情。"有的朋友曾规劝老舍"少写一点吧！"或者"写你的确熟悉的人与事吧！"老舍也清楚这些规劝是善意的，也是含有深意的，"写作"到底给作家带来什么样的命运，确实是个未知的大问题。但是老舍并没有听从这些规劝："这不是因为我在文学上有什么高明的主张，而是因为心中有那么一种感情，叫我欲罢不能。这种感情姑且就叫作'热爱今天的感情'吧。我热爱今天的一切，因为它与我记忆中的往事是那么不同。我无法不手舞足蹈地想去歌颂今天。我对今天的情况知道得并不全面。可是，今天的一花一絮都叫我情不自禁地想写一点什么。我肚子里的确有些老事情，可是我不肯放下今天的鲜花舞絮。再说，无论如何，今天也比昨天更接近明天。我们今天的苦战，正是为了幸福的明天。那么，我热爱今天的这点感情似乎也未可厚非。"① 老舍对于这个新社会的爱不是出自某种理性的分析，而是出自一种发自内心的情感——感激，也正因为它缘自情感，才显出一份天真与诚挚。老舍发自内心地赞叹，"我该说出些我对新社会的赞扬：我爱，我热爱，这个新社会啊！"② 这是一份没有丝毫杂质的纯粹的情感。同时，也正是出于情感的激荡而绝少理性的分析，使得老舍全心信赖这个政权和他的领袖，坚信他们正确无误，响应党所发出的一切政治号召，全身心地投入到一切社会运动中。老舍拖着腿病去参加控诉恶霸的大会，与工人、农民、市民们、教授、学生、公务人员、艺人、作家坐到一处，感觉"这是个民主的国家了"，人民正显示着当家做主、排山倒海的力量。"打倒恶霸"和"拥护人民政府"的声音像一片海潮，老舍切身感到"人民的声音就是人民的力量，这力量足以使恶人颤抖"。在这种展示群众力量的大会上，老舍不自觉地融入其中：

　　　老的少的男的女的，一一上台去控诉。控诉到

---

① 老舍：《热爱今天》，《老舍文集》第十六卷，530—531页。
② 老舍：《新社会就是一座大学校》，《老舍文集》第十四卷，325页。

最伤心的时候，台下许多人喊"打"。我，和我旁边的知识分子，也不知不觉地喊出来："打！为什么不打呢？！"警士拦住去打恶霸的人，我的嘴和几百个嘴一齐喊："该打！该打！"

这一喊哪，教我变成了另一个人！

我向来是个文文雅雅的人。不错，我恨恶霸与坏人；可是，假若不是在控诉大会上，我怎肯狂呼"打！打！"呢？人民的愤怒，激动了我，我变成了大家中的一个。他们的仇恨，也是我的仇恨；我不能，不该"袖手旁观"。群众的力量，义愤，感染了我，教我不再文雅，羞涩。说真的，文雅值几个钱一斤呢？恨仇敌，爱国家，才是有价值的、崇高的感情！书生的本色变为人民的本色才是好样的书生！

这样的控诉大会改变着老舍，同时也改造着老舍，让他变成了另外一个人，一个爱憎分明的人："这样，我上了一课，惊心动魄的一课。我学到了许多有益处的事。这些事教我变成另一个人。我不能再舍不得那些旧有的习惯，感情，和对人对事的看法。我要割弃它们象恶霸必须被消灭那样！我要以社会的整体权衡个人的利害与爱憎，我要分清黑白，而不在灰影儿里找道理。真的，新社会就是一座大学校，我愿在这个学校里作个肯用心学习的学生。"①

尽管老舍不断谈到"政治",确切地说,老舍不断谈到他自己对现实政治的态度,其实"政治"对于老舍始终是一个隔膜的存在。老舍的单纯与诚挚使他缺乏一副犀利的目光,去参透政治狂热背后的灾难阴影。老舍承认自己是一个感情大于理智的人:"假如我有点长处的话,必定不在思想上。我的感情老走在理智前面,我能是个热心的朋友,而不能给人以高明的建议。感情使我的心跳得快,因而不加思索便把最普通的、浮浅的见解拿过来,作为我判断一切的准则。"②尤其在一个极端政治化的时代,老舍并没有做"书斋里的学者",而是一个热情入世者。老舍以积极的表现来回报党和人民给予他的殊荣。置身于高速疾驰的政治战车上,当政治的辕马狂奔脱缰时,任何人都无法逃避它的规训与惩罚,甚至葬身于车轮之下。对于一个崭新的社会,老舍有投入的热情而缺乏怀疑的冷静,或者说踏上现实政治战车的老舍已经没有办法不同它保持一致的速度。具有真诚情怀的老舍以他单纯的眼睛看到了新社会的美好,而不会以政治家的心思揣度并提防政治的翻云覆雨,更想不到在人们心目中、也在他的心目中如神明一般的伟大领袖所驾驭的政治战车也

---

① 老舍:《新社会就是一座大学校》,《老舍文集》第十四卷,327页。

② 老舍:《我怎样写〈老张的哲学〉》,《老舍文集》第十五卷,166页。

会失去理性、翻车跌进泥潭。老舍没有防备，或者说不断亢奋到脱缰的政治野马是任何人都无法预料并控制的，除了承受它的非理性后果。

二、最后一次救世的努力：老舍之死

天真的人未免单纯，甚至被世人讥笑为"幼稚"。的确，与那些左右逢源，见风使舵、游刃有余，随时变换生存策略的"精明者"所拥有的"好生活"相比，"天真者"有时是"傻气的"，是不合时宜的，在一个非常时期甚至是要主动蹈向死地的。但是骨子里怀有一份"天真情怀"的人，却有自己的一份"坚守"与"坚持"。"天真"的人因为心里有一个纯净的世界而更加难以忍受现实的丑陋与黑暗。当他怀有的一种热望终于变成了绝望，当他所看重的"气节""尊严"被彻底践踏，他只有舍弃，而这种舍弃正是守护。

"老舍之死"始终是一个争论不休的话题，因为老舍死得太令人猝不及防，而且并没有留下"死亡者手记""遗书"一类的文字性交代。这个巨大的死亡谜团留给后人无尽的想象和阐释空间。即便是理应接近历史真相的当事者、亲历者的"口述历史"，其实也往往在聚讼纷纭中使事件更加扑朔迷离。当诸多"见证人"讲述出的"事件真相"恰恰呈现出多副面相时，我们也不禁疑惑我们所认证的"历史真实"是否也是一副假象？甚至怀疑所谓的"历史真相"只不过是一种获得逻辑自洽的解释与想象。

无疑，"死"是每个人都必将面临的最后一个生命仪式，而对于一个诗人、一个作家，"死"又往往不是一个被动的等待状态。对于"死"的主动思考与设计是"生命自由"的另一种体现方式。一个突如其来的打击——老舍在"文革"中遭受毒打，一个曾被誉为"人民艺术家"的人遭受了"人民"的凌辱——固然直接导致了老舍就死的决心，但是，"死"，对于老舍其实是一个老早就描画好了的样式，一旦他所捍卫的价值底线被突破，死则成为一种"必须"。老舍早年谈到，自己的"幽默"和"笑"并不是来自"乐观"而恰恰是因为"悲观"："浪漫的人会悲观，也会乐观；幽默的人只会悲观，因为他最后的领悟是人生的矛盾——想用七尺之躯，战胜一切，结果却只躺在不很体面的木匣里，象颗大谷粒似的埋在地下。他真爱人爱物，可是人生这笔大账，他算得也特别清楚。笑吧，明天你死。"[1]"我的悲观还没到想自杀的程度，不能不找点事作。有朝一日非死不可呢，那只好死喽，我有什么法儿呢？"[2] 笑——悲观——死亡，在老舍这里有着冷静而清晰的逻辑描述。而"有朝一日非死不可"的说辞并不是一种无可奈何的被动选择，而是一种主动赴死的

---

① 老舍：《"幽默"的危险》，《老舍文集》第十五卷，313页。
② 老舍：《又是一年芳草绿》，《老舍文集》第十四卷，36页。

泰然与决绝，早在他抱着死志奔赴抗战前线的时候，就说过："她们的命短呢，她们死；我该归阴呢，我死。反正不能因为穷困死亡而失了气节！因爱国，因爱气节，而稍微狠点心，恐怕是有可原谅的吧？"① 可见，"文革"伊始便惨遭凌辱固然直接导致老舍主动结束生命，但是对于生命的态度和对于外界不可挑战的内在生命价值底线——气节——的持守，恐怕才是一个人决定何时退场的根本动力。对于老舍来说是"诚与真"的被践踏、热烈文心的被强暴逐渐累积，直至最终爆发出来的与世决绝。抗战期间，老舍在一篇《哀莫大于心死》的杂感中说："一个文艺者的生命，应该永远为文艺活着的……文心停止了活动，人也就变成半死。"② 老舍的热烈文心始终伴随着时代而跳动着，无论是在抗战期间还是在新中国时代，但是现实不但蹂躏着他的文心而且最终遏止了他的文心。老舍的友人谢和庚曾经追忆老舍在离世前四个月曾谈及自己未能完成写作意愿的情形："'可惜，这三部已有腹稿的书，恐怕永远不能动笔了！我可对您和谢先生说，这三部反映北京旧社会变迁、善恶、悲欢的小说，以后也永远无人能动笔了！……'老舍先生说到这里，情绪激烈，热泪不禁夺眶而出。"③

---

① 老舍：《四大皆空》，《老舍文集》第十四卷，253页。
② 老舍：《哀莫大于心死》，《老舍文集》第十五卷，487页。
③ 张桂兴编撰：《老舍年谱》（下），上海文艺出版社1997年版，932页。

"哀莫大于心死"，对老舍而言是"哀莫大于'文心'之死"的谶语，终于兑现于二十年后。

我们依旧可以确认学界关于"老舍之死"的深度文化解读——"士可杀不可辱"的传统儒家精神，抑或一种"基督"的殉难精神，等等。老舍确实是以死来卫护生命的尊严。但是我们还不能忽略的是老舍在沉湖的时候，怀里还揣着亲手抄录的毛泽东诗词，若以当下浅薄无聊的眼光把这看成"作秀"，那形同于昧着良心在说话，不但是对死者的不敬，更是对一个真诚灵魂的亵渎。毋宁说，"死"还是老舍最后的一次"救世"的努力——以一份诗人的热烈情怀。老舍曾经对于世间被称作狂士、疯子的"诗人"有过礼赞："他的眼要看真理，要看山川之美；他的心要世界进步，要人人幸福。……及至社会上真有了祸患，他会以身谏，他投水，他殉难！正如他平日的那些小举动被视为疯狂，他的这种舍身救世的大节也还是被认为疯狂的表现而结果。"[1]老舍对于诗人这种"舍身救世"的行为，充满了感佩，而他最终也成了他们中的一个，用自己的生命完成了一个真正诗人的人格升华。

固然，中国传统士人由"死谏"所体现出来的勇毅人格令人景仰，但是这种行为却又是以传统的"忠孝节义"为价值持守的，缺少更为积极的现代知识分子的批判精神，或者

---

① 老舍：《诗人》，《老舍文集》第十四卷，178页。

说，老舍有着投入的热忱但缺乏怀疑与批判。他的这种"死谏"行为令人动容也令人心痛，尤其当老舍把对国家与人民的爱和对伟大领袖的爱融为一体的时候，这种传统因素的负荷越发鲜明地体现出来。老舍期待中的美好社会终于在新中国实现了，他意识深处救苦救难的英雄"黄天霸"已经化身为现实中的革命领袖。老舍是把对新社会的由衷热爱置换为对于共产党的感激和对于伟大领袖的爱。老舍曾作新诗《向毛主席唱出我们的决心》："向伟大的领袖毛主席，/唱出革命的决心：/热爱主席的著作，/热爱主席的诗文"；/"钻研主席的理论，/实践主席的教训；'爱党爱人民，/天下为己任，/为建设社会主义献出终身！'"他在遭受了红卫兵的毒打之后还坚信："人民是理解我的！党和毛主席是理解我的！总理是最了解我的！"① 这种领袖崇拜正是新政权下的国人逐渐迷失自我、丧失理性近而在狂热崇拜中制造灾难的精神酵素。老舍"生前"与"死时"对伟大领袖的崇拜与热爱，既体现了老舍一贯的真诚，也难掩其中的单纯与幼稚。

研究者往往以悲愤的眼光看待老舍之死，并把这种历史性的悲愤灌注在老舍的死亡心境里。实际，除此之外，老舍还有他安静从容的一面。老舍最终选择举身赴清池是他在湖边长久静坐默想之后的从容选择。实际上，老舍早在 20 世

① 转引自张桂兴编撰：《老舍年谱》（下），926—927页、936页。

纪 30 年代就曾经对"死"表达过一种"天真纯净"的设想："天真的笑多少显着年青一些。我悲观，但是不愿老声老气的悲观，那近乎'虎事'。我愿意老年轻轻的，死的时候象朵春花将残似的那样哀而不伤。"①"天真纯净"的诗心容忍不了污秽、暴虐与凌辱，老舍的沉湖为自己荡涤了满身的血污，也为这个肮脏而残忍的世界留下了他最后一抹温情与关怀。

---

① 老舍：《又是一年芳草绿》，《老舍文集》第十四卷，39页。

从"李闻并谈"到"朱闻共论"：论闻一多之死

殉难之后的闻一多在"民主斗士"的光辉形象上定格。但是在这个统一的徽号下，纪念死难、言说逝者的意义并不相同。从20世纪40年代中期，闻一多作为不同政治倾向的知识阶层普遍认可的精神旗帜，到新中国成立前夕被政治话语进一步提炼赋值，伤逝的多重意蕴最终统一为一个音调。在那一天地玄黄、疾风骤雨的历史大转折时期，中国不同倾向的知识阶层的心路历程也可见一斑。

一、李闻并谈：知识阶层与政党话语的同调与异声

1.逝者的精神遗风：《观察》周刊中的闻一多

闻一多进入《观察》周刊的视野是在死难之后。《观察》周刊在1946年创刊伊始便遭遇了李公朴、闻一多被刺事件，这一耸动海内外的事件既成为《观察》周刊的一个焦点，也构成了《观察》知识群体生存的时代语境。《观察》周刊从

创办的第一卷到被迫终刊的第五卷，始终与闻一多的遗风相伴，逝者不仅成为自由主义知识群体追求民主、言说自由的精神旗帜，同时也成为《观察》群体反抗专制暴政的道义力量。以《观察》群体为代表的中国自由主义知识群体在历史大转折时期所经历的呐喊、抗争、苦闷、忧惧，正可借《观察》周刊对"闻一多"的言说得窥全豹。

创刊于 20 世纪 40 年代的《观察》周刊是一群以"自由思想而保持超然地位的学人"① 相号召的政论群体，力图以知识者的理想、热忱在"一个国事殆危，士气败坏的时代"，以"公正、沉毅、严肃的言论，以挽救国运，振奋人心……只是公开的陈述和公开的批评，而非权谋或煽动"。② 作为一个自由主义者的同人刊物，《观察》群体并没有设定一个统一而鲜明的政治纲领，只标明一种"共同的志趣和态度"，即本着公平的、独立的、建设的、客观的态度对于政府、执政党、反对党，进行毫无偏袒的评论，以"民主""自由""进步"和"理性"作为共守的信约。首先祭起这一理想大纛的正是自由者的鲜血。《观察》周刊创办伊始便遭遇李公朴、闻一多的遇刺殉难，与其说这是时代的巧合，不如说是历史的必然。或者说，李公朴、闻一多的遇刺身亡既可

---

① 《观察》第一卷第廿四期，一九四七年二月八日，3页。

② 编者：《我们的志趣和态度》，《观察》第一卷第一期，一九四六年九月一日，3页。

以看作这个非常时代的非常事件，也可以看作这个非常时代的必然事件。《观察》第一卷第一期便就李、闻之死的前因后果做了详细报道，以醒目的标题明示了《观察》同仁对于李、闻事件的态度：“血与理想——李闻之死——求仁得仁·逝者已矣·念兹在兹·后生勉之”。对于自由主义者而言，“血与理想”既是一种铮铮誓言又仿佛是一个谶语。

随着抗战后国共两党和谈的破灭，对峙双方分别在“戡乱”和“解放”的大旗下拉开了内战的大幕。“民主、自由、和平”在内战烽火中不断遭到扼杀，“血与理想”的抗争日益迫切而艰难，然而恶劣的情势却更加激发了知识阶层对于“民主、自由、和平”捍卫的决心与抗争的斗志。李、闻遇刺一年后，在北平清华园和云南两地掀起的规模浩大的死难周年祭，正是这种时代情绪的体现。《观察》也借纪念活动的报道表达了对专制、独裁、暴政的反抗。《在闻一多的衣冠冢前——人民英烈李闻二先生死难周年祭在昆明》一文中，批判的矛头已经非常鲜明：“李公朴、闻一多两先生，被最无耻、最卑鄙的法西斯反动派所暗杀……为了民主，为了人民的福利，闻先生身殉了。他才真是觉悟的知识阶级的代表，是青年们一代的导师，是争取民主人士的楷模，是中国民主运动中的伟大英雄之一。”① 在《纪念闻一多在清华

---

① 何华：《在闻一多的衣冠冢前：人民英烈李闻二先生死难周年祭在昆明》，《观察》一九四七年第二卷第二十三期，8页。

园》一文中，《观察》"特约记者"更借吴晗在闻一多死难周年大会上的致辞明确表达了对于专制政府的严重警告："'生活、自由和幸福的追求，是天经地义的。……政府对于这些疏忽了，人民有权利改变这个政府。……政府既滥用他的权力，人民有权利推翻这个政府。'他说：'这教育了闻一多，在闻一多的脑子里构成了两种思想：一、改变政府；二、取消政府。改变政府是含有希望的，认为这个政府还有希望改变。综计闻一多的主张有四点：反对内战，要求和平，拥护政协，维护人权。改变不是推翻，也不是取消，连人民对一个普通政府所应做的事的希望都渺茫了时，那就只有一条路——革命。'"① 由《观察》周刊纪念逝者所表达的情绪可以见出，自由主义知识阶层对于现行合法政府（国民政府）始终是"缱绻与决绝"的矛盾心态，即便是在天地玄黄，交战双方形势逆转、民心向背急转的 1948 年，《观察》也未放弃本着诚恳的态度对于政府实行公开批评的职责，只不过这种批评在学生运动惨遭暴行、自由民主惨遭践踏的情势下带上了最后通牒的意味。《观察》四卷十期（1948 年 5 月）的头版头条便以"第二个闻一多事件万万制造不得"为题，发出了对于国民政府的严重警示："这一年来，就学生一部分说，最触目的现象，是学生与政府之间的距离越来越远，敌视的

---

① 本刊特约记者：《纪念闻一多在清华园》，《观察》一九四七年第二卷第二十三期，17页。

程度越来越深"。"不仅一般青年学生越来越趋向极端，就是一般中年人，据我们所了解的，心情和思想也都一天一天地在转向变化：本来对于政府感觉失望的，慢慢儿的对政府感觉绝望了；本来对于政府感觉绝望的，终于对于政府'不望'（不再存什么希望）了；本来无所谓的人，现在也一点儿一点儿的左倾了；本来稍稍左倾的人，现在也一点儿一点儿左得利害了；本来绝对仇视共产党的，现在也在努力了解共产党了；本来不大喜欢共产党的，现在也渐渐对共产党表示同情了。"《观察》通过这一"触目现象"的剖析，最终还是要给当政者提出警告："今日政府所要做的，所应当做的，不是防范学生，不是压迫学生，不是打击学生，而是自己反省，自己改革。"实际上，国民党统治在政治、军事、经济的全面失利中所暴露出来的无可救药的腐败无能和血腥的专制暴力，最终起到了"为渊趋鱼，为丛趋雀"（《观察》语）的作用，导致中国大部分自由主义知识阶层由失望到绝望直至与之离心离德，进而转向对于共产党及其新生政权的观望和期待，这正是中国自由主义知识分子在 20 世纪 40 年代的疾风暴雨中所走过的心路历程，在这一转向过程中，"闻一多"，确切地说"闻一多之死"成为一个不可回避的节点性事件和人物。

2."人民之声"的多重奏

"李、闻遇刺"是一个政治事件，因此，来自社会各界的"纪念"必然是政治性的，而这种政治性又最明显地体现为政党性，这不但包括"李、闻"所在的政党组织"民盟"的抗议和"同志们"的悼念，也包括其他在野党派、民主团体、民主人士广泛的呼声，其中以中国共产党及其高级领导人所表达的抗议最为激烈。但是，"李、闻之死"的意义并不仅仅局限于这种狭义的政治范畴，而是在一个广义的政治层面上显示出更为复杂而深远的内涵，正是在这两个不同层面的纪念中，"李闻并谈"由一个统一的句式变成一个分裂的话语。

李公朴、闻一多遇难不久，郭沫若等即在第一时间编辑出版了《人民英烈——李公朴、闻一多先生遇刺纪实》，详尽地搜罗了来自海内外各界的报道、唁电和纪念文章，广泛地记录了来自各方面的"悲哀和愤怒""吊唁和慰问""抗议和呼声"以及"国内外舆论"。其中"人民之声"显得意义非凡。"人民之声"所辑录的主要是来自执政的国民党政府以外的声音，其中既有与国民党政治上分立的民主党派中坚如张伯钧、张申府、梁漱溟等人，也有与国民党在政治上、军事上抗衡的共产党人如董必武、廖承志、李维汉、周建人等人，而大部分则是以无党派身份出现的知识阶层。但是与《观察》周刊中的自由主义知识群体大致形成对照，这里的知识分子相当一部分都有着鲜明的政治倾向——大多数是与共产党有着同一信仰或者是倾向于共产党的"进步人士"，其中既有以"著名民主人士"身份出现的郭沫若、茅盾、吴晗、田汉、郑振铎，又有"转变中"的田间、何其芳等。"人民之声"所唱的主调就是要通过"李闻事件"揭露中国"法西斯"统治的残暴，批判国民党反动派的黑暗腐败。以"中共代表唁电"作为蓝本，由"进步人士"所发出的声音基本都是这一言论的翻版或者副本：

> 闻一多夫人礼鉴：

> 惊闻闻一多先生紧随李公朴先生之后惨遭特务暴徒暗杀，令郎立鹤君亦受重伤，暗无天日，中外震惊，令人捶心泣血，悲愤莫名，真不知人间何世！此种空前残酷、惨痛、丑恶、卑鄙之暗杀行为，实打破了中外政治黑暗历史之纪录，中国法西斯统治的狰狞面目，至此已暴露无余。一切政治欺骗，已为昆明有计划的大规模的政治暗杀枪声所洞穿，中华民国已被法西斯暴徒写下了一个永远不能洗刷之污点。中国法西斯暴徒如此横行无忌，猖獗疯狂，实法西斯统治的最后挣扎，自掘坟墓。中国人民将踏着李公朴、闻一多诸烈士的血迹前进，为李闻诸烈士复仇，消灭中国法西斯统治，实现中国之独立和平与民主，以慰李、闻诸烈士在天之灵。敝代表团誓为后援，兹先电唁，尚祈节哀，并祝令

郎早日康复。

　　周恩来　董必武　邓颖超　李维汉　廖承志
叩。午筱。①

　　所谓的"人民之声"基本可以看作中国共产党的同调。

　　在这声势浩大的主旋律中，当然还夹杂着其他的声部，
这就是立于"党争"之外的知识分子的声音，而正是在此类
的伤逝中，闻一多和李公朴的死难呈现出不尽相同的指向。

　　李公朴固然也具有文化界知名人士的身份，但他主要
还是作为一个民主党派的中坚、一个终生致力于民主斗争的
斗士身份为世人所认可的，及至在政治黑暗、党派倾轧交
恶中殒身殉难，虽然令人痛惜但又符合残酷政治斗争的逻
辑，正所谓为民主而生，为民主而死，求仁得仁，死得其
所。与之相比，著名诗人、学者、教授闻一多的被刺更显得
触目惊心！一篇名为"重庆人民的心情"的报道说，"李公
朴先生被害时，的确在各阶层人士中产生了一种仇恨然而多
少有些恐惧的空气；闻一多先生被害后，这空气像变了，是
仇恨，更是决心！现在开始流行着这么一句话：'光怕不行，
就是沉默一点也不行，那些家伙是连老教授也忍心下毒手

_____

　　① 《中共代表唁电》，李闻二烈士纪念委员会编辑：《人民英烈——李
公朴、闻一多先生遇刺纪实》，上海书店据1946年版影印，47页。

的'！"① 可见，由闻一多遇刺所激发的社会愤慨不仅仅是因为执政当局制造了一而再，再而三的惨剧，更是因为这样的辣手是针对一个"纯粹的"学者教授，只因为他本着自己对于国家的良心、正义与责任喊出了广大民众的心声。因此，与强调李公朴作为坚定的民主斗士而殉难的指向不同，对闻一多的悼念，广大知识阶层更强调一个不问政治、埋首书斋的学者走上街头投身政治的被迫性与正义性，强调闻一多所体现的是更关乎最广大人民生活的政治生存环境而非狭义的"政党政治"。如悼念者所言："闻先生生平致力于艺术文学工作，对于政治素不感兴趣，这是人所共知的事实。惟近年来他痛恨政治上无道，同情于人民的苦难，才开始参加和平民主运动。他的日常私生活是极端艰苦而又严肃的，不苟取，不趋避，是一位典型的乐道前进的学者。他在青年群众中，有极大的影响，爱护青年，教育青年，期望青年在光明大道上做成建设民主国家，改造腐败社会的中坚人物。自从参加领导同盟以后，他就不同凡响，他以全部精神灌注到同盟的工作，希望同盟的奋斗，真正成为中国人民达到建设民主中国的力量。他明知反动统治者对他的努力是痛恶的，对于他的命运要加以迫害的，但他有殉道的精神和决心，不计及个人的危险，始终一贯的英勇的领导着同盟的同志向前奋

---

① 李闻二烈士纪念委员会编辑：《人民英烈——李公朴、闻一多先生遇刺纪实》，123页。

斗。他生前曾向几位最亲密的同志说：'在民主运动能获得相当的成功以后，我还是回到书斋中，做我的研究工作，但是，在今天，在奋斗中，我只好站在最前线，我不能后退。'闻先生这一番光明磊落的心肠话，真令人感奋落泪！"① 闻一多的心愿也正代表着广大知识分子的意愿："我们呼吁和平，争取民主，全为中国的前途着想；我们希望看见强盛、民主、和平的中国的实现。我们没有任何政治的欲望，也没有任何党派的背景。我们一介书生，手无寸铁，所有的只是口和笔。如果国家升平，民生安定，我们只愿意在书室里做我们所应做的工作，所想做的工作，绝对的没有任何的好心情，从事于任何政治活动。像闻一多先生，其心情想来也是同样的。然而，在这种的政局之下，凡为一个中国国民，如何能够忍心看得下去呢？！"② 正因为代表了最广大的人民的心声，闻一多之死才激发了一种超于各自政见和党派立场的共同愤慨："对于这样一个学者，对于这样一个一向沉默，刻苦自励的学者，国家平日既未能使他生活无忧，讲学无扰；而现在只因他随和潮流，发于不忍之心，喊了几声民主，就看着他这样遇害惨死了！凡是犹以国家为念的人，凡是对于国家还感有责任心的人，谁还能忍受这个？谁还忍容

---

① 章伯钧：《哀悼闻一多先生》，李闻二烈士纪念委员会编辑：《人民英烈——李公朴、闻一多先生遇刺纪实》，196页。·

② 郑振铎：《悼李公朴闻一多先生》，李闻二烈士纪念委员会编辑：《人民英烈——李公朴、闻一多先生遇刺纪实》，148页。

许这个？"①学者闻一多之死引发了知识者普遍的、深刻的"切身之感"和"切肤之痛"："在听到李公朴先生被刺时，我感到深深的痛惜；然而闻先生的凶耗，却使我更加感到切身的哀伤。这大约因为我不仅和全国人民一样，也要求和平民主；而且还多年来便一直接近文艺的缘故。'斯文骨肉'，我相信，全中国的文艺工作者们，学术研究者们，普天下的读书人们，对于闻先生的惨死，一定都会感到哀痛，感到悲愤！要是在一个尊人民、重学术的国家里，闻先生是决不会遇害的。由他的死，人们将要更清楚地认识了是谁不要民主，不要学术！倘若有人认为，李公朴先生是政治性很强的实际活动家，所以反动顽固分子们必然要置之死而后快；那么，对于连大公报也称为'无私心，无偏见，纯粹是书斋学者'的闻一多先生，为什么也要出以这样卑劣狠毒的手段呢？闻先生可杀，那恐怕全国的读书人都将无噍类了！"②

闻一多虽然从书斋走向街头，由漠视政治到热衷政治并成为"民盟"的中坚和领袖，但是从本质的意义上讲，他并不是作为政党，更不是作为政客热衷于政治活动的，而是作为一个有良知、有血气的文人学者被迫投身于政治活动，以争取一个人人都期盼的民主、自由、和平的生存环境。在某

---

① 张申府：《呜呼，一多先生！》，李闻二烈士纪念委员会编辑：《人民英烈——李公朴、闻一多先生遇刺纪实》，175—176页。

② 林辰：《诗人·学者·战士——敬悼闻一多先生》，李闻二烈士纪念委员会编辑：《人民英烈——李公朴、闻一多先生遇刺纪实》，228页。

种程度上，闻一多正是做了广大知识分子想做而没有做甚至不敢做的，因此，广大知识阶层不仅仅是把闻一多作为一个民主革命斗士，更是作为一个有良知、有血性、有殉道精神的学者，作为"我们"中的一员来纪念的。

二、"朱闻并论"：从民间话语到政治定论

从"李闻并谈"到"朱闻并论"伤逝链条的转换，既是一个时间流程上的自然变化，也暗含着精神意义上的深刻转换。

朱自清之死（1948 年 8 月）是在闻一多遇刺的两年之后，至此，"朱闻并论"开始形成新的伤逝链条。《观察》周刊五卷一期（1948 年 8 月 28 日）和五卷二期（1948 年 9 月 4 日）分别登载了吴晗的《悼朱佩弦先生》和李广田的《最完整的人格——哀念朱自清先生》。朱自清与闻一多开始被放置在一个比照的框架中纪念："整饬、谨慎、周到、温和、宽容、高度正义感，加上随时随地的追求进步，这些德性的综合，构成了佩弦先生的人格。和一多相反，在性格上，他属于温文尔雅一类的典型，从来不会放言高论，声震瓦屋，也不会慷慨激昂，使人兴奋共鸣。无论是私人谈话或是公开演讲，总是娓娓而谈，引人入胜。文如其人，文字上的表现是细腻、稳到、心平气和。拿酒来譬喻，一多是烈性的，佩

弦先生是远年陈绍，可口而力量大。"李广田的纪念文章也同样把"朱闻"并提："佩弦先生是一个最爱真理的人。其实，有至情，爱真理，原是一件事情的两面，因为，没有有至情而不爱真理的，也没有爱真理而无至情的，这情形，在鲁迅先生，在闻一多先生，都是同样的。"由这些悼念文章可见，对于逝者的纪念从"李闻共论"转换为"朱闻并论"，以往鲜明的政治/政党性的内涵趋弱，而文化、思想、学术、道德、人格方面的内涵渐浓。

1. 狂与狷：精神的制高点与人格的底线

在"朱闻并论"的纪念中，对于朱自清与闻一多身上所体现出来的"狷"与"狂"气质的比照最为普遍。冯友兰在《回念朱佩弦先生与闻一多先生》中讲："闻一多先生与朱佩弦先生是一代的学人作家，也是清华中国文学系的柱石。他们二位先生文学的创作，作风不同，为人处世，风格亦异。一多弘大，佩弦精细。一多开阔，佩弦谨严。一多近乎狂，佩弦近乎狷。二位虽不同，但合在一起，有异曲同工，相得益彰之妙。"①渐离在《双星的陨落——悼念朱自清先生》一文中说："倘说闻一多先生，在精神上保留着过去士大夫的许多狂气，朱自清先生在气质上便更近于狷者。""他们，一

---

① 冯友兰：《回念朱佩弦先生与闻一多先生》，俞平伯 吴晗等著：《最完整的人格——朱自清先生哀念集》，北京出版社1988年版，244页。

位近于狂，两位近于狷，……原都或多或少地背叛了旧社会，原也同旧社会战斗过来，虽然战斗的方向不全同，战果也不一样。战死是必然的，倘是勇敢的话。"①对于闻一多与朱自清"狂与狷"的比照并非只是一个简单而有趣的性情、品格论，更是同时代的知识阶层借以言说自我操守与出路的一个方式。尤其是在天玄地黄的历史大转折关头，狷者朱自清与狂者闻一多所给予当时知识阶层的启示、警示是不同的。作为一个积极为理想殉难的斗士来讲，闻一多的死难是轰轰烈烈的，这种"主动牺牲""愤而就死""以暴抗暴"的"狂者姿态"，固然是恶劣时代激发出的"常态"，但是对于被压抑在整个黑暗时代、往往以"非暴力不合作"的退守姿态作为抵抗方式的广大知识者来讲，却又是一个"非常态"，是一个可望而不可即也不必及的精神制高点。相比较而言，在黑暗中努力生存并保持着人格气节"有所不为"的狷者朱自清才是一个亲切的"常态"："只须淡泊而不躁进，有正义感而不抹煞良心，自然不会帮凶；处事认真，生活严肃，自然也不会帮闲。不帮凶，不帮闲，虽不曾做到十足的积极的斗士，至少也可以说是不会与斗士背道而驰的。狂性的很容易成为斗士，狷性的就不必定以斗士姿态出现了。""积极为善永远求真"原本是一个知识者品性的"底线"，但在一个非常的时代，能够保持并坚守这样的一个"常态底线"并非易

---

① 渐离：《双星的陨落》，《最完整的人格》，74—77页。

事，非有正视现实的勇气和坚守自我的大毅力不可，因此，"底线"也就成了"至高点"，"狷者"也便与"狂者"殊途同归："一多是斗士，佩弦就是不必定以斗士姿态出现而仍不失为斗士的人"[1]。在一个极端恶劣的境遇中以坚忍的姿态"认真做事、认真做人"，并保持着一个知识分子应有的良知"有所不为"——既不做帮凶也不做帮闲，正是当时广大知识阶级普遍秉持的一种人生态度和人格底线。因此，朱自清较之闻一多更成为一个容易被大家认同并追随的典型："和闻先生相比，假如说闻先生是狂者，那末朱先生就是狷者。然而狷者之中也有积极的与消极的之分，朱先生是积极的狷者，是并不止于'有所不为'而已的，这使他免于成为迂腐的狷者或者乡愿式的狷者，这使他成为一般知识分子所最容易追随的前驱，成为一般知识分子最好的典型"。[2]

2. 从广义的政治考量到单一的政治定论

与闻一多的政治死难不同，朱自清在长期困顿的战乱环境中积劳成疾、最终病亡，显然不是一个具体的政治事件，但是在知识阶层中所引起的震动与共鸣却异常深广，其深层动因正在于中国历史走到了一个大转折的关头，中国知识阶层由纪念逝者所表达的恰是对自我操守、现实道路、未

---

[1] 郭绍虞：《忆佩弦》，《最完整的人格》，214页。
[2] 李广田：《朱自清先生的道路》，《最完整的人格》，260页。

来命运的思考。在"何去何从"的历史大背景下，其政治意涵显然又是无可规避的。因此，伤逝的链条由"李闻共论"转向"朱闻并谈"就显得意味深长。中国知识阶层力图在一个"非左即右"的狭义政治环境下寻求一个广义的政治空间，拓展出一个和平自由民主的生存发展条件，从这个角度来讲，"朱闻纪念"在人情、人性论层面没有摆脱政治的意义。知识分子们通过对自己的"同类"朱自清、闻一多的悼念，实际是以惺惺相惜的心态表达着对知识分子自身境遇的深层思考和严峻的现实叩问："这是一个什么时代？什么世界？"[1]"一代学人得到如此的遭遇，这是国家的损失；这是谁的责任？"[2]"文人产生在这样的国家实在倒霉，国家产生出这样结果的文人也实在应该自己害羞！"[3]与闻一多相比，知识分子们更从朱自清身上发现了自己的"身影"，从一个"不应当死而毕竟死了"的"好人"身上所看到的是整个群体的共同境遇——想苟全而不得的艰难状态："既不应当死，就不免想挣扎着活下去。然而，是不是只凭不应当死就可以活得了？就能活下去吗？怎么活法？活着的人也会让那些厮杀的声音把你震昏。""即使将来你改变了性格，只图苟全生命，你那份儿穷和肩上挑的那份别人不能分担的担子，以及

---

① 吴晗：《悼朱佩弦先生》，《最完整的人格》，22页。
② 王瑶：《悼朱佩弦师》，《最完整的人格》，57页。
③ 吴晓铃：《佩弦先生纪念》，《最完整的人格》，34页。

这个世界，又岂能许你苟全！"① 广大的知识分子阶层的愤懑既是针对整个混乱年代，更是针对抗战结束之后社会元气斫丧的内战局面，呼吁武力对峙双方"停止内战、走向和平"是这个时代最大的、最根本的政治问题。

在最为普遍的关于"黑暗时代"的愤懑与哀悼中，更有着代表左翼倾向的"进步之声"。在《朱自清先生哀念集》中，来自《中建》的文章被收录最多，《中建》实际上是吴晗等进步教授在中共地下党的帮助和领导下创办的"进步刊物"。因此，出自这里的纪念尽管都是以民间纪念的形式出现，实际所代表的是一种"进步"的言论——即共产党领导下的言论倾向。在此类言论中，由对逝者的纪念进而指向对国民党黑暗统治的控诉："真无法说这是一个什么时代，前年哭闻一多，今年又哭朱佩弦，有学问有气节有正义感的朋友，一个接一个倒下去了！都不过是中年人，都有一大堆的工作等待他们来完成，更重要的是他们确实有这勇气，这力量，这训练，来完成所献身的工作，然而，都被戕害了，被同样的权力所虐杀，所不同的一个是有形的屠杀，一个是无形的蚀损，凶手是同一个，确确实实是同一个。"② 同时，左翼进步言论通过对闻一多、朱自清"进步性""战斗性""人

---

① 川岛：《不应当死的又死了一个——悼佩弦》，《最完整的人格》，196—197页。

② 吴晗：《悼朱佩弦先生》，《最完整的人格》，19页。

民性"的强调和提炼，尤其是闻一多、朱自清由"转变"而走出的"进步"之路，进一步指出了广大知识阶层的"正确出路"问题："中国是只有一条路了，中国的知识分子也只有这一条道路。这一条路，鲁迅走上了，闻一多走上了，朱自清也走上了……我们如果不能把我们的力量，尽量加速这历史的新生，我们也将会在黑暗中死去的。"这条道路就是"新中国的道路，中国知识分子的道路，是只有一条的，而且还得加快脚步的走！"[①] 中国知识阶层何去何从的问题已经不可回避。

"朱闻并论"由普通知识阶层关于"道德文章"和"命运道路"的考量，经由左翼知识分子对于进步政治倾向的强调到彻底转向一种"政治定语"，是来自于政治领袖的"盖棺定论"。毛泽东在 1949 年 8 月《别了，司徒雷登》一文中，全盘分析揭批了美帝国主义及其走狗国民党反动派的阴谋之后，向中国还在彷徨不定的自由主义和民主个人主义者们发出了劝诫，当然，后者才是其真正的目的。作为这场"战场"与"民心"双重争夺战的最终胜利者，最高领袖给予这些"对美国怀着幻想的善忘的自由主者或所谓'民主个人主义者'们"的"说服、争取、教育和团结"已经毫不客气地带上了警示、教训的口气："那些近视的思想糊涂的自由主义或民主个人主义的中国人听着……你们所设想的美国

---

① 许杰：《朱佩弦先生的路》，《最完整的人格》，86页。

的仁义道德，已被艾奇逊一扫而空……美国人在北平，在天津，在上海，都洒了些救济粉，看一看什么人愿意弯腰拾起来。太公钓鱼，愿者上钩。嗟来之食，吃下去肚子要痛的。"教训了这些"书生气十足的不识抬举的自由主义者，或者民主个人主义者"之后，毛泽东举出了两个"转变"的正面典型："我们中国人是有骨气的。许多曾经是自由主义者或者民主个人主义者的人们，在美国帝国主义者及其走狗国民党反动派面前站起来了。闻一多拍案而起，横眉怒对国民党的手枪，宁可倒下去，不愿屈服。朱自清一身重病，宁可饿死，不领美国的'救济粮'……我们应当写闻一多颂，写朱自清颂，他们表现了我们民族的英雄气概。"①曾经被包括自由主义知识群体在内的广大知识分子阶层认定为精神旗帜的闻一多、朱自清被政治领袖以"你们"和"我们"的称谓截然划分为两个阵营。以往作为知识分子阶层"自己阵营"中追求"真理"的"殉道者"，在革命领袖的言论中已经被置于一个由"我们"和"你们"构成的差异性政治框架内，成为对另一部分知识者"进行说服、争取、教育和团结的工作"（毛泽东语）的典范。至此，对于闻一多、朱自清两位逝者的纪念完全为政治结论所覆盖。与之相一致的是知识阶层的纪念话语也不断主动剔除其不和谐的音符而主动汇

---

① 毛泽东：《别了，司徒雷登》，《毛泽东选集》第四卷，人民出版社1991年版，1495—1496页。

聚到这一政治独唱中来，成为其"和声"甚至"回声"。臧克家在1987年的纪念文章中讲："我钦佩闻先生，也同样钦佩朱先生。他们的形象高高并立在我的心头上。他们两位，都是：学术家，大诗翁，年相约，道正同，革命路上携手行。"① 出于对逝者进步性和革命性的提炼，人们往往是沿着闻一多的道路来重新阐释朱自清的人生道路："闻先生晚年宣称'豁出去了'。朱先生最后也说出了'谁怕谁！'面对国民党反动统治的严酷现实，他实际上已越来越接近于'拍案而起'了。"顺承着朱自清不断被升华、深化的"政治进步"倾向，类似的逻辑也就自然而然了："如果朱先生不死，他必然会继续进步，进而参加到无产阶级先锋队的战斗行列中来。"更有论者认定，"假使朱先生能活在新中国，他的胃病绝不会拖延到那么重而得不到妥善的调养和治疗，他的病一定会治好，他甚至根本不会得胃病。"② 如果说前者算是深度阐释，后者则属于过度阐释了。这种阐释的迷思在于这种假设既可以是正向的，也可以是反向的。

历史大转折时代的"生"与"死"较之寻常年代更显示出非凡的意义，"生者"对于"死者"的言说也就更加意味深长。李公朴、闻一多、朱自清都是在这个非常时代的非常态死亡，人们对逝者的纪念和言说也呈现出多重声音和不同

① 臧克家：《朱自清先生的背影（代序）》，《最完整的人格》，2页。
② 张守常：《编后记》，《最完整的人格》，265—268页。

的指向。知识阶层话语与政治话语之间，以至于不同政治倾向的知识阶层内部始终存在着同调与异声。在这一伤逝链条中，闻一多既成为不同话语之间同构的纽带，又成为其间异质的分界。当民主战士、斗士成为第一定语时，前承"革命同志"李公朴，所凸显的往往是统一的、固定的政治话语和政党话语；而当"学者、诗人、教授"的身份被凸显时，后继"同道"朱自清，所显露的更是知识阶层内在的自我人格的考量和现实追问。这两种话语最终是在政治领袖的盖棺定论中成为唯一的声音，这既是一个"精神提升"的过程，又是一个"政治纯化"的过程，逝者由一个广义的、公共的政治象征纯化为一个狭义的政党政治的代言，而在这一过程中，中国知识阶层是以积极的归附、应和姿态参与了这一话语修正过程。

（原载《徐州师范大学学报》2010 年 2 期）

"卖文"与"治印"：闻一多拒聘刘文典

20世纪40年代"闻一多解聘刘文典"成为"西南联大"历史上一个不大不小的事件，后来研究者往往把这一事件作为评说和追怀"西南联大时代""西南联大精神"的一则趣闻、掌故。这一事件的来龙去脉并不复杂，已经被考证、梳理得非常清晰，无须再雾里看花。有意味的是关于这一历史事件的"精神解读"，却在"是非分明"乃至"义正词严"中包含着诸多的含混与暧昧，其中最为典型的是据此提炼出的"什么是现代知识分子"的考量：

> 对政治的淡漠和书斋生涯并没有使闻一多先生成为一个旧式文人，也没有改变他火烈的个人性格。……更能体现闻一多这一性格的是，1942年作为清华中文系主任的他，坚决拒聘刘文典教授。刘文典是清华的资深教授，曾做过安徽大学校长，也是大名鼎鼎的学问家。但这一年四月刘文典为了一

笔颇丰的报酬，为人撰写墓志铭而误了教学两个月。
闻一多决不姑息迁就，坚决解聘，理由是刘文典已
不足以为人师表并违反了校规。许多人都为刘说情，
但闻一多毫不为之所动，刘文典就没有再被聘用，
只好到云大教书。联大期间，教授生活都很清苦，
很多人为生计不得不兼做一些其它事情……闻一多
先生一家十来口人，生活十分拮据，有时还要资助
交不起饭费或医疗药费的学生。他便篆刻印章补贴
家用，但闻一多先生并不是什么人都可以为其刻章
的，有些人即便出资再高，也断然没有指望。这就
是闻一多的原则和自我要求，也就是说，他内心坚
持的一些东西，是无论如何都不可能出让的。了解
了这一点，我们也许就会明白他为什么会拒聘刘文
典，为什么会对王力先生的小品文不以为然了。①

　　上文由这一解聘事件提炼出来的有关知识分子"现代
性质"的评判，可以说是迄今为止研究者对于这一事件所做
出的最为明确、也是最具高度的价值评判，而且是一种自
觉或者不自觉的道德评判。更进一步讲，在中国 20 世纪的
特殊历史行程中，诸如"新与旧""传统与现代"等二元对

---

　　① 孟繁华：《什么是现代知识分子——以闻一多先生为例》，《河北学
刊》1999年5期。

立项，从来都不只是描述状态的中性词，而是承载着"善恶、优劣、是非"的道德内涵。实际上，在"闻刘事件"发生伊始，"道德意识"就暗含在"围观者"对于事件言说或沉默的态度之中，隐约而有力地构成了这一事件的"是非认定"——闻是而刘非。而这一点却是令人质疑的。同是现代学者、知识分子，且处在同时代的战乱困境中为生计奔劳，为什么闻一多有资格对刘文典进行"义正词严"地冷嘲热讽，而且获得了广泛的认同或者默许？或者说，为什么闻一多的"治印谋生"比刘文典的"卖文得金"显得更高尚？顺此而来的疑问是，后来研究者就此历史事件所做出的"现代与传统""新与旧"乃至"优与劣"的二元价值评判是否存在着简单化的趋向？尝试回答这些疑问或许能从这一被简化的事件中解析出更丰富的意义，所谓"现代知识分子"的定义也不并非那么容易顺手拈来。

一、"诔墓得金"：被质疑的合法性和正当性

众所周知，闻一多解聘刘文典基于一个无可辩驳的理由，即刘文典因磨黑之行耽误学校授课，违反了校方规定，这在校长梅贻琦给刘文典的复信中可以找到确切依据："关于下年聘约一节，盖琦三月下旬赴渝，六月中方得返昆，始知尊驾亦于春间离校，则上学期联大课业不无困难。且闻

磨黑往来亦殊匪易，故为调整下年计划，以便系中处理计，尊处暂未致聘。事非得已，想承鉴原。"① 关于刘文典是否真正违反了"校规校纪"，这在刘文典致校长梅贻琦的书信和后来研究者的详细考察中已经做出判断。② 但实际上，"校规"只是摆到台面上的说辞，还有一重在"台面之下"，但却更为致命的理由，即闻一多对刘文典"为人师表资格"的指斥，这在后来人的研究中已经明确指出。"违反校方规定"固然与"为人师表的资格"构成连带关系，但在这个事件中，二者却并不构成直接的因果关系，闻一多对刘文典"为人师表资格"的指摘实际另有所指。如果单就刘文典的人生历程看，无论是他早年东渡日本追随孙中山奔走革命的光辉历程，还是五四时期投身新青年阵营激扬文字的风采，抑或后来当面顶撞总统蒋介石而入狱的骨气和豪气，都显示出了为人所敬仰的文人节操和知识分子气概，至于其后来退隐书斋、潜心治学更是为世人所称道。以博雅狷介而爱惜名节，历来是中国文人学者的人格典范，在这一问题上，刘文典的品行节操几乎无可指摘。因此，在"解聘事件"中，刘文典被暗指的"为人师表"问题即是闻一多在信中所讥讽的"切

---

① 转引自闻黎明、候菊坤编著：《闻一多年谱长编》（下卷），上海交通大学出版社2014年版，588页。

② 黄延复：《刘文典的磨黑之行及其申辩信》，《云南师范大学哲学社会科学学报》1991年4期；余斌：《刘文典磨黑风波始末》；文传洋：《关于刘文典先生移教云南云南大学的几个问题》，《云南民族大学学报》2009年3期。

不可再回学校，长为磨黑盐井人可也"。可见，刘文典应磨黑盐商重金聘请为其先人撰写墓志，才是一切纠结的关键所在，这也是后来研究者据以评判是非价值的重要依据。

对于闻一多的这一指摘，刘文典在致梅贻琦校长的信中对于前因后果做过恳切的申说：

> 典往岁浮海南奔，实抱有牺牲性命之决心，辛苦危险皆非所计。六七年来亦可谓备尝艰苦矣。自前年寓所被炸，避居乡村，每次入城，徒行数里，苦况非楮墨之所能详。两兄既先后病殁湘西，先母又弃养于故里，典近年在贫病交迫之中，无力以营丧葬。适滇南盐商有慕典文名者，愿以巨资倩典为撰先人墓志。
>
> ……
>
> 初拟在暑假中南游，继因雨季道途艰行，加之深山中伏莽甚多，必结伴请兵护送，故遂以四月一日首途，动身之先，适在宋将军席上遇校长与蒋梦麟先生，罗莘田先生当即请赐假，承嘱以功课上事与罗先生商量，并承借薪一月治装。典以诸事既禀命而行，绝不虞有他故。到磨黑后，尚在预备玄奘法师传，妄想回校开班，与东西洋学者一较高下，为祖国学术争光吐气。不料五月遽受停薪之处分，

以后得昆明友朋信，知校中对典竟有更进一步之事。典尚不信，因自问并无大过，徒因道途险远，登涉艰难，未能早日返校耳。不意近得某君来"半官式"信，云学校已经解聘，又云纵有聘书亦必须退还，又云昆明物价涨数十倍（真有此事耶，米果实贵至万元耶），切不可再回学校，度为磨黑盐井人可也。其他离奇之语，令人百思不解。

……

典虽不学无术，平日自视甚高，觉负有文化上重大责任，无论如何吃苦，如何贴钱，均视为应尽之责，以此艰难困苦时，绝不退缩，绝不逃避，绝不灰心，除非学校不要典尽责，则另是一回事耳。今卖文所得，幸有微资，足敷数年之用，正拟以全副精神教课，并拟久住城中，以便随时指导学生，不知他人又将何说？典自身则仍是为学术尽力，不畏牺牲之旧宗旨也，自五月以来，典所闻传言甚多，均未深信。今接此怪信，始敢迳以奉询究竟。……总之典个人去留绝对不成问题，然典之心迹不可不自剖白。

与闻一多对此一行为的冷嘲热讽相比，刘文典却认为卖文所得正可以应付眼前的生活困境，进而把全副精神投入到学术及教育事业中，这并没有什么不妥："典常有信致校中同人，均言雨季一过，必然赶回授课，且有下学年愿多教两小时，以为报塞之言。良以财力稍舒，可以专心全力教课也（此意似尚未向罗先生提及也）。"[①] 对于"盐商以巨资请为先人撰写墓志"一事，当事者双方出现了截然相反的是非认定。"为盐商撰写墓志"这一行为，何以在闻一多看来已经丧失了为人师表的资格，而在刘文典看来却自认"无大过"？对于这样各执一词的是非评判，恐怕还要深入到历史转型过程中的文学及价值观念中去考察。

在中国固有的传统文学范畴中，"墓志铭"毫无疑问是属于正统文学范畴的，并逐渐从诗文中单列出来成为重要的文类之一，同时，墓志铭也是传统文人交际和谋生的方式之一。墓志铭是兼具"文学审美价值"与"实用交际价值"的文学样式之一，既可以是文人学者才华的展现，又可以作为文人的生存之道。即便是在经过"现代文学观念"洗礼的"中国古代文学史"书写中，文人学者们所留下的大量"墓志铭"也是无法忽视的一种重要文学门类。而作为一种谋生求食的方式，传统文人以此方式所获得的经济价值不但没有溢出"以文谋生"的正当范畴，理应算是一种正当且高雅的生存之道。

---

① 转引自闻黎明、候菊坤编著：《闻一多年谱长编》（下卷），586—587页。

　　和其他"古已有之"的文学样式一样，墓志铭在漫长的传承流变当中，虽然在不同文人学者手中，以及在不同历史时期呈现出异彩纷呈的风格样式，但是就其总体风格特征看，它与同类的"颂文""诔文"等所遵循的仍是"称美不称恶"的创作原则，也即刘勰在《文心雕龙·诔碑篇》中所讲的"标序盛德，必见清风之华；昭纪鸿懿，必见峻伟之烈"，这种源自"礼制"的规范性要求，必然氤氲成一种相应的美学特征。把这种文体的美学特征与实用价值融会起来，也就形成了传统文人"谀墓得金"的一种固有生存方式，虽然这种方式与"学成文武艺，货与帝王家"的追求有着一定程度上的差异，但从品格上未见得更低，而是具备文学与道德的双重合法性。一直到"五四"新文化运动和文学革命时期，这一双重合法性才受到了新观念的冲击，致使"墓志铭"这一文学样式以及与之相连带的"文人撰写墓志铭的行为"都遭到了质疑。与"五四"新文化运动和文学革命时期诸多置于历史核心地带的一级问题所产生的明显变革不同，还有一些次等问题，虽并未提升到革命日程却也悄然发生着嬗变，比如"文学（诗与文）交际功能"的退隐即属于这一类，"墓志铭"便在其中，同样属于五四新文化运动和文学革命的后果之一。

　　"五四"文学革命倡导之初，迎刃而来的首要问题是对"文学边界"的重新清理和划定。与五四新文化运动和文学革命以西方作为价值尺度的总体取向相一致，"文学边界"
的重新勘定也是以西方的文学概念作标准的，在清理了中国
固有的"大文学"概念的同时也形构了文类明晰的"现代文
学格局"。在这一文学概念的"西化"和"纯化"过程中，
一个明显的取向是把"应用之文"清除出原有的文学范畴。
陈独秀于1916年文学革命兴起之初即在答常乃德的信中把
中国固有的"文章"分为"文学之文"与"应用之文"两大
类，[①] 随后又在1917年《通信》中继续把"文学之文"细化
为诗、词、小说、戏（无韵者）、曲（有韵者，传奇亦在此
内）五种。[②] 在此基础上，直接运用西方的文学标准进一步
完善并做了系统表述的是刘半农。他在《我之文学改良观》
中借用了西方 Literature（文学）与 Language（文字）的概
念划分，认为"其必须列入文学范围者，惟诗歌戏曲、小说
杂文、历史传记三种而已"。至于新闻、官署之文牍告令、
私人之日记信札等，虽然有时无法确定其归属，但仍需以
"文学"与"文字"两个范畴互不侵害为前提，不可滥用文
学的概念。随即，刘半农又针对中国文学专门提出一个细节
问题："酬世之文（如颂辞、寿序、祭文、挽联、墓志之属）
一时虽不能尽废，将来崇实主义发达后，此种文学废物，必
在自然淘汰之列，故进一步言之，凡可视为文学上有永久

① 陈独秀：《通信》，《新青年》1916年2卷4号。
② 陈独秀：《通信》，《新青年》1917年3卷5号。

存在之资格与价值者，只诗歌戏曲、小说杂文二种也。"① 刘
半农预见性地指出了中国新文学格局的基本面貌和发展趋
势。新文学的发展证明，包括刘半农专门提及的而实际仍在
文学现实中大量存在的"酬世之文"，也确如其所言，虽然
并没有像其他革命主张那样被拿到历史的核心地带进行"死
与活"的认定，但已基本退出了"新文学格局"。确切地说，
作为一种文字形式和交际手段——"酬世"的诗与文，虽在
新文学观念中已经失去了存在的价值合法性，从理论上讲在
新文学格局中不再占据一席之地，但并没有就此消失，而是
以"新文学"以外的身份继续存身。

从本质上看，"墓志铭"等"酬世之文"在新文学格
局中的被清除，与"五四"文学革命时代对于文学"消
闲""娱乐"功能的批判与清除是相一致的，其目的都是要
促使新文学的功效集于"启蒙"的历史责任上。但是在理
论上可以泾渭分明的二元对立范畴诸如"新与旧""传统与
现代"等，在实际的历史行程中却无法两分。毋宁说，在历
史转型的漫长进程中，这些二元对立项所呈现的往往是一
种升降离合过程中的混容叠合状态。以"墓志""寿序"等
"酬世之文"和同样承载着交际功能的"寄赠唱答"诗为例，
虽经文学革命观念的荡涤，从理论上失去了合法性，但是并
没有彻底消亡。从"文化广场"上退出的这些"旧形式"转

---

① 刘半农：《我之文学改良观》，《新青年》1917年3卷3号。

而存身于另外一个堪称广大的空间，不但继续在新文学阵营以外的文人学者们笔下继续繁荣昌盛，同时也为新文学阵营中人难舍难弃，这些以"革命""新"相号召的文学家、学者同样有着对于"骸骨"的迷恋。[①] 这些"旧物"甚至影响到新文学的"纯净度"，对此，闻一多便做过批评："近来新诗里寄怀赠别一类的作品太多。这确是旧文学遗传下来的恶习。文学本出于至性至情，也必要这样才好得来。寄怀赠别本也是出于朋友间离群索居底情感，但这类的作品在中国唐宋以后的文学界已经成了应酬底工具。……新文学界早就有了这种觉悟，但实际上讲来，我们中惯习底毒太深，这种毛病，犯的还是不少。"[②] 闻一多的这一批评也确实道出了当时新文学界一个普遍的事实。作为"酬世之文"的"墓志铭"被清除出新文学格局之后，继续以一种具有社会实用价值和精神价值的方式存在，新、旧文人学者撰写墓志铭一如既往，其意义其实远不是单纯的"文学"所能涵盖的。众所周知，在钱基博出版于20世纪30年代的《现代中国文学史》中，包括"墓志"在内的"箴铭哀诔"仍是其分析近、现代文人和文学的有效范畴。可见，这些经过文学革命荡涤的所谓"旧物"，依旧有其存在的现实空间，其价值的正负也正

---

① 王桂妹：《缱绻与决绝：五四新文学家的新诗与旧诗》，《江汉论坛》2010年8期。

② 闻一多：《〈冬夜〉评论》，《闻一多全集》2卷，87页。

在辨析中。刘文典为自己辩护所依据的恰恰是正在逐渐丧失合法性的"旧物"，最终无法抵挡"新"在中国历史行程中所具有的正义力量，也是势所必然。

二、"治印谋生"所获得的正义与高尚的认定

与刘文典"谀墓得金"丧失了合法价值并招致讥讽相对应，仅仅时隔不到一年，闻一多即公开挂牌"治印谋生"，浦江清还特意撰写了声情并茂的骈文启事为之做广告：

> 秦铢汉印，攻金切玉之流长；殷契周铭，古文奇字之源远。是非博雅君子，难率尔操觚；倘有稽古宏才，偶点画而成趣。
>
> 浠水闻一多教授，文坛先进，经学名家，辨文字于毫芒，几人知己；谈风雅之原始，海内推崇。斲轮老手，积习未除，占毕余闲，游心佳冻。惟是温馨古泽，仅激赏于知交；何当琬琰名章，共榷扬于艺苑。黄济叔之长髯飘洒，今见其人；程瑶田之铁笔恬愉，世尊其学。爰缀短言为引，公定薄润于后。

闻一多的挂牌治印得到了同事、朋友们普遍的支持，梅

贻琦、冯友兰、朱自清、潘光旦、蒋梦麟、杨振声、罗常培、陈雪屏、熊庆来、姜寅清、唐兰、沈从文联合签名同启，为其助阵。[1] 同处于 20 世纪 40 年代抗战后期的困窘生活中，同是以教职、学术以外的"技能"谋生，"谀墓得金"与"治印谋生"看起来并无本质性的差异，但是二者所引起的时代反响和历史效果却大为不同。闻一多的"治印"不但受到了时人的一致公开支持赞同，更为后人们所大写特写，尤其在其殉难后的研究史中更获得了不断累加的历史"崇高感"；相反，刘文典的"卖文"却不断跌落了价值，内中的复杂还需从多个角度去分析。

20 世纪 40 年代，中国社会在日本侵略战争的破坏及现行统治的腐败中，已经窳败贫困到极点。有研究者专门以西南联大时期的学者教授们为例，对 20 世纪 40 年代文教界的经济生活做过分析：到 1941 年"重庆市教师的实际收入与普通工人接近，而昆明西南联大教授的实际收入更低于同时期重庆市的水平线，陷入大后方最惨痛的赤贫地位"[2]。到 1943 年末，教授们的生活几乎陷入绝境、向政府请愿无效、求告无门的学者教授们开始展开自救活动，西南联大的教授们展开了"集体卖文"行动，明码标价，其中便包括"碑铭

---

① 闻黎明、侯菊坤编著：《闻一多年谱长编》（下卷），610 页。
② 陈明远：《40 年代文教界的经济生活》（上），《社会科学论坛》2000 年 9 期。

墓志"一项：

　　1944 年 1 月 18 日：重庆《新华日报》刊登吴青所写的短讯《昆明二三事》，中云："昆明物价，为全国第一，教授们生活困难，大都另谋开源之道，闻一多教授订润例做金石。"先生准备挂牌治印，即在这前。今云南师大一二·一纪念馆存有先生和沈从文、彭仲铎、唐兰、陈雪屏、浦江清、游国恩、冯友兰、杨振声、郑天挺、罗常培、罗庸等共十二位教授共同发起的《诗文书镌联合润例》，知诸教授早有"另谋开源之道"的打算，特录以参考：

　　文直　颂赞题序　五千元　传状祭文　八千元　寿文　一万元　碑铭墓志　一万元（文均限古文，骈体加倍）

　　诗直　喜寿颂祝　一千元　哀挽　八百元　题咏　三千元（诗以五律及八韵以内古诗为限，七律及词加倍）

　　联直　喜寿颂祝　六百元　哀挽　四百元　题咏　一千元（联以十二言以内为限，长联另议）

　　书直　楹联　四尺六百元　五尺八百元（加长另议）条幅　四尺四百元　五尺五百元（加长另议）堂幅　四尺八百元　五尺一千元（加长另

议）榜书 每字五百元（以一方尺为限，加大直亦加倍） 斗方扇面 每件五百元 寿屏 真隶每条一千五百元 篆每条二千元（每条以八十字为限） 碑铭墓志 一万元

篆刻直 石章每字一百元 牙章每字二百元（过大过小加倍，边款每五字作一字计）

收件处 国立西南联合大学中国文学系王年芳女士代转（闻黎明、侯菊坤编著《闻一多年谱长编》下卷）

据学者考证，1943 年末是一个转折点，对于西南联大的学者教授来讲，则是经过了家具衣物乃至书籍典当殆尽、"教授会"向政府请愿无效的情形下，才"集体沦落"到"卖文"的境地，肚子饿成了最大的真理。也正是在这种急转直下的情势下，闻一多的"治印谋生"获得了同事及社会最大的同情与理解，这也许就像鲁迅所说的"历史和数目的力量"所赢得的正义性。除此以外，传统道义的力量也不可忽视。刘文典遭闻一多解聘，虽然写信向梅贻琦校长申辩并请求留任，但终究落得一个不得不接受解聘和离开的结局，这其中固然有系主任闻一多态度的坚决，但是态度坚决和态度正确是两码事。众所周知，西南联大时代开放、自由的思想风气只能使文人学者们选择站在正义一边，而不会屈从于个别人的

强势。因此，在闻一多的决绝态度背后还有一种为大家所支持或者默许的道义力量，致使刘文典的申辩无力且无效，而正是在这一点上，"现代与传统"的界线恐怕更无从分辨了，毋宁说，依旧有效的传统道德价值在此时构成了重要的砝码。

在中国以往的社会中，文人学者阶层的谋生之道从来都不是一个简单的"生活问题"，而始终存在着是非鲜明的道德辨析。所谓"君子谋道不谋食""君子忧道不忧贫"是其基本的道德法则。正所谓"君子爱财，取之有道，用之有度"，以道自认的知识者在"富贵、贫贱、取舍"之间必须坚持一种道德界线："富与贵是人之所欲也，不以其道得之，不处也；贫与贱是人之所恶也，不以其道得之，不去也。"而愈是在"穷"的境遇下愈是要彰显文人的操守、气节，持守"富贵不能淫，贫贱不能移，威武不能屈"的大节。而就刘文典总体人生历程看，显然是不污"大节"，却输于"小节"。如果说刘文典在"取之有道"上还可以做理直气壮的申辩，那么在"用之有度"上却再也无法理直气壮。刘文典在致梅贻琦的信中所讲"卖文所得"可以应付艰困，安心教学，但是刘文典又人称"二云居士"（云腿和云土）也是一个公开的秘密，"吸鸦片"的嗜好正是其大节上的一块软肋，与当时同挣扎于生活贫困线却能"固穷"的同事、学者们相比，刘文典显然在"取用"上有其无法说出口的地方。相比较之下，在最为艰困的年代，西南联大的文人、学者们始终彰显出"气节"与"尊严"。1942年末，教育部下达了"总字第45388号训令"，决定在"非常时期"对于国立大学主管人员以及各部分主管人员发给"特别办公费"，但被兼任大学行政领导的二十五名教授联名拒绝，誓与全体教员同甘共苦。① 由此，我们也可以理解，在这一解聘事件中，支持闻一多的人自不待言，同情刘文典的人也大有人在，比如王力等人便曾经为刘文典说情而被闻一多驳回。耐人寻味的是，与刘文典过从甚密的重量级人物诸如吴宓、陈寅恪等人却终究保持了"缄默"的态度。细查吴宓此一时期的日记，对于此事并无详细记载，所见到的是事过境迁之后（1944年7月10日）的一段记载："又闻一多发言……又盛夸其功，谓幸得将恶劣之某教授（典）排挤出校，而专收烂货、藏垢纳污之云大则反视为奇珍而聘请之。云云。"云大在座者姜寅清无言。徐嘉瑞圆转其词以答，未敢对闻一多辩争。② 吴宓对于闻一多的不满情绪可见一斑，但是对于"解聘"事件的是非评判却付诸阙如。以吴宓当初与新文化及新文学论战、辩难的精神和自负的个性而言，对于挚友被解聘却不做任何辩解评判，与其说是默认了这一事件的合理性，不如说是认同了文人学者共同持守的道德，这种不评判也是一种评

① 陈明远：《40年代文教界的经济生活》（下），《社会科学论坛》2000年11期。

② 吴学昭整理：《吴宓日记1943—1945》，生活·读书·新知三联书店1999年版，291页。

判。被西南联大解聘的刘文典虽然立即被高薪聘请到云南大学，再无衣食之忧，但是"解聘"一事终究在刘文典的人生和学术生涯中构成了一个不小的"精神创伤"："而今不卖长门赋，会向昆明写洛神。"[①] 由这一断句，不难看出刘文典的失落和伤感，司马相如与曹植的文采风流固然难分高下，但是"卖长门赋"与"写洛神"的精神境界在刘文典这里终究还是有高下分疏的。

三、历史意义的追加

历史的书写往往容易在"持果求因"的做法上进行逆向的推断和意义的追加。"闻一多解聘刘文典"的事件也不例外，单就此一事件而言，这种"追加"带有双向的性质，即"闻一多治印"的价值不断被提升，刘文典"谀墓得金"的行为不断遭到贬斥。

一个不争的事实是：即便在20世纪40年代最艰苦卓绝的境遇中，闻一多也丝毫没有放弃一个文人学者的良知和责任，他最终走出了书房拍案而起，舍生取义，谱写了"斗士"的风采。与此相比附，"闻一多治印"也逐渐脱离了"谋生糊口"的庸常意义，而成为与其伟大人格相表里的高

---

① 《刘文典全集》第3卷，安徽大学出版社、云南大学出版社1999年版，695页。

尚认证。毫无疑问，有坚实有力的史料证明，闻一多的"治印"在"谋生"以外所做出的诸多奉献，《闻一多年谱长编》中便记载 1944 年闻一多响应重庆文协总会援助贫困作家的号召，特意治印十枚，所得收入全部作为捐款；另据记载当时风云一时的云南省政府代主席李宗黄差人请刻牙章而被闻一多拒绝。除此以外，长编中还记载着闻一多为支持鼓励西南联大学生们的"新诗社"而治印、为"时代评论社"治印、为民盟云南省支部各个机构连夜刻制图章以及热心为朋友们免费治印等。尤其在闻一多殉难之后，通过大量生动感人的追忆、纪念性书写致使"闻一多治印"已经脱离了"谋生"的低级功能，更升华为"操守"的一个有力注脚，成为其"高尚人格"不可或缺的部分。

笔者所见的文献资料表明，闻一多本人对于"治印谋生"似乎并没有看得多高和多重，反而充满了无奈。闻一多一生能诗善画，有多方面的艺术才华，篆刻也是其重要的艺术情趣。在闻一多早年，就时常为友人们"治印"，但是悠闲年代的艺术情趣和战乱年代的谋生，终究是两个层面的问题。与闻一多做过长谈的西南联大英籍教授罗伯特·白英（Robert Payne）就回忆闻一多对于"治印谋生"的态度："他讨厌这样浪费时间，尽管刻出的图章有时能卖不少钱，他会说宁可在中学里一星期教十八小时的课，在中学里，他至少可以按中国老传统热心投入工作。"① 这种无奈情绪在闻一多致闻亦博的家书中时有表露:"前二三年,书籍衣物变卖殆尽,生活殊窘,年来开始兼课,益以治印所得,差可糊口。然著述研究,则几完全停顿矣。"② 显然,作为一种爱好,"治印"是一种文人雅趣,一旦成为一种"谋生的手段",需要把大量的、理应用在研究方面的宝贵时间消磨在这上面,便成为一种充满心酸的"生活的重负"。吴晗在闻一多殉难后的纪念文章中便饱含深情地道出了这种境况:"你为了生活,学刻图章,成天在刻,通夜在刻,刻得右手中指起了个老大疙瘩,刻得手发抖,写字都不方便,为了一升两升米,为了明天的菜钱。你常说你是手工业者。饶是这样,还有一些朋友在责备你,不该干这行手艺。天啊,你在哭,我也替你哭,吃饱的人是无法了解饿肚的人呀。"③ 另有记载,在闻一多挂牌治印的过程中,长子闻立鹤还因为治印的收费问题与父亲有过辩论:"但后来顾客多了,先生又嫌治印占用的时间太长了。收费的标准,随着市场物价波动。为了这,长子立鹤曾怒气冲冲的与先生辩论起来,问:收这么高的费,是不是发国难财?先生听了半晌没讲一句话,末了,才沉重地

---

① 张小怿:《诗人·学者·战士——忆闻一多先生》,《闻一多纪念文集》,三联书店1980年版,251页。

② 《致闻亦博》,《闻一多全集》12卷,393页。

③ 吴晗:《哭一多父子》,李闻二烈士纪念委员会编辑:《人民英烈》,251页。

说：立鹤，你这话，我将一辈子记着！"[①] 实际上，由于物价的飞涨，当时包括闻一多在内的很多文人学者教授都到了不得不按时论价的地步，并集体订立"行规"。1945 年 3 月 10 日《云南晚报》便报道了闻一多与联大、云大的二十九位教授联名订定稿酬的消息：《米价在狂涨中，教授联名订定稿酬，千字斗米不马虎》，除了规定论文演讲的稿酬外，"另并拟定公约三条，规定各须认真遵守润例之规定，不可偶因情面，率尔对外让步，致使其他同人难以应付，润例办法将不易维持。各人对遵守共订之润例，应负道义上责任。"[②] 为谋生起见，学者教授们已经无可奈何到了"锱铢必较"的程度。沦落为"手工业者"的闻一多，包括当时的这些"集体卖文"的文人学者们，在谋生的方式上与前不久的刘文典并没有实质的差别，出于对烈士人格的敬仰，人们还是自觉不自觉地对于"闻一多治印"进行了富有情感的价值提升。

在对于"闻一多治印"进行不断升华的历史书写过程中，"刘文典卖文"不但没有得到同情反而在富有情感色彩的追忆中愈发跌落了价值。以《联大旧事：刘文典被清华解聘始末》（闻黎明）一文中的评述为例："刘文典此行，立即受到联大同仁的鄙弃。虽然当时教授的薪水已经无法养活一家吃穿，虽然也有人开始自谋兼差职业，这些人们都能够接

---

① 闻黎明、侯菊坤编：《闻一多年谱长编》（下卷），611页
② 闻黎明、侯菊坤编：《闻一多年谱长编》（下卷），721页。

受。使人难以理解的是，为了生活居然向盘剥劳苦民众的盐商弯腰，而吸鸦片就更不是什么光彩的事了。"这是在"闻一多治印"与"刘文典卖文"之间所做的"有节"和"无节"的鲜明对比，而这种评判几乎成为后来者继续追溯、评价这一事件的典型文本和典型态度。正是在这一是非鲜明的道德评判中，需要澄清诸多有意或无意的"情感附加"或"常识性误解"。首先是阶级情感的附加，即对于"商人≈坏人、盐商=恶人"的认定，以及由此而产生的"盘剥劳苦民众的盐商"的话语，顺承这一惯性理解必然推到出：对"盐商"（坏人）"屈尊"的文人知识分子，其品格自然令人不齿。实际上，抛弃这些想当然的理解，根据实际史料看，以盐商张希孟为首的磨黑当地地主绅商并非人们常识想象中的"奸商恶霸"，史料表明，他们不但和与刘文典同行前往磨黑开辟革命基地的中共地下工作者达成了信任，大力支持中共在当地创办中学，而且对于以刘文典为代表的文人学者表示出高度的敬重，当刘文典一行到磨黑那天，张希孟和当地士绅便在十里外迎接："另外，张孟希和一些读过点旧书的士绅也请刘大师讲学。刘文典大约每周给他们讲一两次，无非是《庄子》《昭明文选》《温李诗》等"，以此作为对当时地下工作的掩护。[①] 同时刘文典在致梅贻琦信中也透露了这些

---

① 黄延复：《刘文典的磨黑之行及其申辩信》，《云南师范大学哲学社会科学学报》1991年4期。

地主绅商的可贵品行："再者得地质助教马君杏垣函，知地质系诸先生有意来此研究，此间地主托典致意，愿以全力相助，道中警卫，沿途各处食宿，到普洱后工作，均可效力，并愿捐资补助费用。"[①]当地绅商地主这样大力支持西南联大的学术研究，一方面固然来自刘文典个人的人格和学术魅力，另一方面也显示了这些地主绅商的进步与开明。可见，在"原则"和"底线"问题上——闻一多"不为某些人治印"和刘文典"卖文给谁"，二者并无优劣高下之分，也即刘文典并不存在向"恶人""弯腰"丧失人格气节的问题。其次是文人和商人的关系理解。在中国历史上长久存在着一种"重农抑商"的国家意识形态和民间意识形态，其后果是造成了对商人的普遍贱视。一般常识亦认为"重义轻利"的儒家文人学者必定与"商人"构成了一种鄙弃与对抗关系。有学者已经通过大量的史实论证指出了这一历史性的常识性误解，抑商的动议不但不出自儒家，而且儒与商存在着血缘联系。中国历史上，"弃儒从商""贾服儒行""由贾入儒"的情况比比皆是，而"就中国商人的贾德贾道看，其核心还是儒家的信义，而其商帮商团的维系也多是儒学伦理。商贾中市井之气甚重自不待言，而儒家之道才是中国商贾成长的灵魂"。[②]由此也可以理解，在中国历史上，诸多的鸿儒与大

① 闻黎明、侯菊坤编著：《闻一多年谱长编》（下卷），587页。
② 田兆元等著：《商贾史》，上海文艺出版社1997版，3-4页。

贾构成的往往是一种亲密和谐的关系，二者的往来也不仅仅是简单的金钱关系，而文人为商人撰写墓志铭也是一个没必要大惊小怪的正常行为。余英时在《士与中国文化》中便对这种情形做过阐述："士大夫对商人的改容相向也是一个极不寻常的社会变化。十六世纪以后著名文士学人的文集中充满了商人的墓志铭、传记、寿序。以明、清与唐、宋、元的文集、笔记等相比较，这个差异是极其显著的，这是长期的'士商相杂'的结果。"① 比照这样一个悠久的传统而言，刘文典为盐商撰写墓志铭并非是"文人无行"的体现。因此，关于"解聘"事件的道德分辨，确切地说，在这一事件中对于刘文典的道德指摘，尤其是后来历史的附加，也许在某种程度上需要卸载。

"闻一多解聘刘文典"事件也许还有诸多的解读方式，比如说人事的纠葛、个性的冲突、学术的派别等。本文重新追溯这一历史事件的目的，并不是要做时髦的翻案文章，从历史文化深处理清其中的各种纠结也无伤"斗士"的伟大人格。需要警惕的是当我们对某一历史事件做出是非分明的价值评判时，是不是删减了历史的复杂性，我们"义正词严"的是非认定是否包含着误差。我们经常援引陈寅恪先生的"了解之同情"作为我们解读历史的正确态度，但是我们往往却不自觉地误用为"同情之了解"，以至于历史在被我们

---

① 余英时：《士与中国文化》，上海人民出版社1987年版，576页。

"了解"之前已经自觉或不自觉地被附加了诸多由"同情"而来的了解和判断。

（原载《江汉论坛》2012 年 1 期）

下编
文学艺术论

老舍篇

被放逐的快乐：鲁迅、老舍、沈从文笔下的节俗

　　"文学"与"启蒙"被同构于中国历史的现代化进程后，"国民性"便成为新文学沉重而又激越的主题。所谓"国民性"，实际上在很大程度上指的是由数千年风俗习惯构成的"第二天性"（贺麟语），新文学把"乡土中国与乡风习俗"作为言说国民性的重要场景可谓找到了问题的症结。但也正是在"乡俗/国民性"问题上，新文学家兵分两路走上了"批判"与"诗化"的殊途：旨在批判的通过揭示野蛮乡风来烛照国人的病态人生与幽暗人性，意在歌颂的则通过汲取诗意乡俗来建构理想人生与优美人性。当然，这种背道而驰的乡俗叙事也并非不可通约，恰恰是在同一类民俗事象——节日习俗的叙写上，二者不但存在着内容的交集，而且达成了情绪的共振，原因即在于，无论是专注于写实批判还是执着于诗意观照，这些节令习俗都不再作为一种具有独立品格的生活样态，而成为新文学家的一种情绪装置。被誉为风俗作家的汪曾祺认为，风俗主要指仪式与节日，尤其是节日，

对于培养和增强民族的自信至关重要，它"反映了一个民族
对生活的挚爱，对'活着'所感到的欢悦"①。显然，汪曾祺
站在一个超时代的角度道出了节日习俗的寻常与普遍意义，
同时也指出了节日最本真的精神内核和情绪主调——"欢
悦"。但是，任何一种风俗，即便是那些承传日久、几近程
式化、超时代的节日习俗，也依旧会被时代染色。进入新文
学场景的节日习俗便被剥落了自身原有的喜庆色彩和快乐基
调。这种剥落一方面来自外力的剥夺，另一方面也来自作家
的主动放逐。

鲁迅、老舍、沈从文，作为新文学中"乡俗／国民性"
的典型言说者，其笔下的节日习俗叙事正可透视一个时代的
精神症候。

一、节俗叙事所载的启蒙重负

1. 鲁迅式的愤懑：鲁迅笔下的"过年"

鲁迅作为新文学的伟大开拓者和启蒙者，是把节俗描
写与思想启蒙熔为一炉的。"节日"在鲁迅的文学世界中构
成一个隐喻深广的装置，其标志性文本便是描写旧历新年
的《祝福》。鲁迅"让"祥林嫂在一个家家迎福神、人人求

---

① 汪曾祺：《谈谈风俗画》，《汪曾祺散文》，人民文学出版社2005年
版，259页。

好运的年终庆典中凄凉地死去，不仅仅是要在艺术手法上做一种快乐与悲凉的反衬，而是使"祝福"与"祥林嫂之死"构成一个逻辑上的因果关系。从根底上讲，祥林嫂既不是穷死的，也不是吓死的。彻底击碎祥林嫂身心的，不是"地狱的有无"和"灵魂的有无"这样一个连现代知识界都争论不休、难以说清的高难问题，也不是死后将被阎罗大王锯成两半、分给两个死鬼男人的大恐惧。祥林嫂是死于现世自我救赎的无望。当她倾其所有，捐了门槛换了替身，赎了自己现世的"罪"以后，以为从此以后可以扬眉吐气地"做人"，继续在"做稳了奴隶"的境遇中活下去，万没料到自己依旧被认定是"败坏风俗""不干不净"的"脏东西"，依旧没有摆放祭品做福礼的资格。现世重新"做人"的活路既被掐断，去地狱里做鬼的资格也就成了问题，祥林嫂走到了一个生与死都没有去处的绝境。因此，小说的标题是"祝福"，确切地说，是被取消了"祝福"的资格，才是导致祥林嫂死亡的根本原因。对于周围的人而言，祥林嫂活着已经是个不祥之物，而又不早不迟，偏偏要在年终祝福的时刻死去，再次犯了大忌，被讲理学的鲁四老爷最终判定为一个不折不扣的"谬种"。透过鲁镇隆重热烈、庄严快乐的年终大典——"祝福"，鲁迅所要批判的显然是一个无爱的人间，一个无主名无意识的杀人团："社会公意，不节烈的女人，既然是下品；他在这社会里，是容不住的。社会上多数古人模模糊糊传下来的道理，实在无理可讲；能用历史和数目的力量，挤死不合意的人。这一类无主名无意识的杀人团里，古来不晓得死了多少人物；节烈的女子，也就死在这里。"①这所谓的"社会公意"和"多数古人模模糊糊传下来的道理"正是一种习俗的力量。于是，"节日"不再是一个人人均等的客观存在，而成为一个"人为"的压迫性力量。以鲁迅的《祝福》为新文学的典型文本，"年节叙事"向前所接续的不再是传统中"千门万户曈曈日"的欢悦气氛，而是"朱门酒肉臭，路有冻死骨"的愤懑心绪，向后则开启了革命文学中带有阶级压迫色彩的"年关叙事"，以《白毛女》为范本，转向了当代文学的仇恨叙事。

对于鲁迅的《祝福》，如果换一个角度，抛开节日在文学世界的隐喻性装置，不再把"年节"作为启蒙者悲凉心绪的承载物，而是把它还原到日常生活中的节日自身，便可发现，实际上鲁迅对于故乡这个最隆重的节日并非充满敌视与厌恶，相反，作者细腻而又热烈的描绘所渲染的恰是这个古老节俗的滞重与温馨。鲁镇上的家家户户都在享用这个年终大典："我在这繁响的拥抱中，也懒散而且舒适，从白天以至初夜的疑虑，全给祝福的空气一扫而空了，只觉得天地圣众歆享了牲醴和香烟，都醉醺醺地在空中蹒跚，预备给鲁镇

---

① 鲁迅：《我之节烈观》，《鲁迅全集》第一卷，人民文学出版社2005年版，129页。

的人们以无限的幸福"①。这里固然有悲愤的反讽情绪，但是年终祝福给鲁镇人们带来的快乐也是无可抹杀的。鲁迅本人对于旧历除夕和新年并无好感，甚至有二十多年不过年，在鲁迅看来，"过年本来没有什么深意义，随便那天都好，明年的元旦，决不会和今年的除夕就不同，不过给人事借此时时算有一个段落，结束一点事情，倒也便利的。"② 在鲁迅日记中经常可以看到在除夕、元旦一如既往的工作记录："夜独坐录碑，殊无换岁之感。"当然，鲁迅并不主张把自己的"阴暗"的情绪强加于人，如他自己所说："并不愿将自以为苦的寂寞，再来传染给也如我那年青时候似的正做着好梦的青年。"③ 因此，如果把鲁迅的"不过年"或者"不喜欢过年"作为他"反对过年"的一个证据，这将是对鲁迅的过度阐释或者是误解。鲁迅在一篇题为"过年"的杂文中就明确反对政府下令废除阴历、取消过年的举措，更对"某些英雄的作家"叫人终年发奋的言辞不以为然，主张还大家以快乐的权利："叫人整年的悲愤，劳作的英雄们，一定是自己毫不知道悲愤，劳作的人物。在实际上，悲愤者和劳动者，是时时需要休息和高兴的。……我不过旧历年已经二十三年了，这回却连放了三夜的花爆，使隔壁的外国人也'嘘'了起来：

---

① 鲁迅：《祝福》，《鲁迅全集》第二卷，21页。
② 鲁迅：《且介亭杂文二集·序言》，《鲁迅全集》第六卷，225页。
③ 鲁迅：《〈呐喊〉自序》，《鲁迅全集》第一卷，441—442页。

这却和花爆都成了我一年中仅有的高兴。"①鲁迅的这次"破例过年",显然是抱着一种有意对抗的姿态。翻阅他在日记中对这次"过年"的记载,即可发现,那种站在公共广场上的斗士姿态逐渐退隐:"晚冯家姑母赠莱菔糕一皿,分其半以馈内山及镰田两家。得季市信并诗笺一枚。旧历除夕也,治少许肴,邀雪峰夜饭,又买花爆十余,与海婴同登屋顶燃放之,盖如此度岁,不能得者已二年矣。二十六日旧历申年元旦。昙,下午微雪。夜为季市书一笺,录午年春旧作。为画师望月玉成君书一笺……又戏为邬其山生书一笺……已而毁之,别录以寄静农。"② 由这些丰富而温馨的记载可知,生活中的鲁迅在旧历除夕和元旦有着与常人一样的快乐:与爱子爬上屋顶大放花爆、邀朋友吃年夜饭、与友人诗词唱和……不但没见出一点儿愤懑的情绪,反而是尽享了新年的欢乐。可见,鲁迅无论是怀着对"旧物"警醒提防的心态二十三年不过年,还是抱着与当局和"有些英雄作家"对抗的姿态赌气过了一次年,都证明这些节俗实际是无法被轻易取消或者取缔的一种生活方式,如鲁迅所看到的,当局的"废历"也好,作家的愤慨也好,"到底胜不过事实"。人们对于过年的兴致,大家对于节日欢乐的享用无可阻遏,"这

---

① 鲁迅:《过年》,《鲁迅全集》第五卷,463—464页。
② 鲁迅:《鲁迅日记》,《鲁迅全集》第十六卷,356页。

是不能以'封建的余意'一句话，轻轻了事的。"① 实际上，鲁迅对于"习惯与改革"的态度始终是双向的：既批判庸众的惰性，"对于极小的一点改革，也无不加以阻挠"，又批判当局改革者的简单粗暴，"不深知民众的心，设法利导，改进"，这两方面的力量互相掣肘，致使改革"著著失败，改革一两，反动十斤，例如上述的一年日历上不准注阴历，却来了阴阳合历一百二十年。"② 新与旧攀附着，缠绕着，没有前进的希望，这恐怕才是鲁迅真正失望与愤懑之所在。

众所周知，鲁迅对于故乡的很多风土乡俗节日始终充满了温情与怀恋，细检鲁迅的日记便可以发现，他虽然是以公历日期记录日常生活的流水账，但是对于"旧历"的诸多重要节俗尤其是端午、中秋、除夕均有记载，而且往往并不只作为一个客观的日期记录，而是有着与节日习俗相关的生活内容。可见，生活中的鲁迅对于这些重要民间节俗也是颇为留意的，而一旦以斗士姿态现身于时代广场，成为思想启蒙者，必然又抱着对"旧物、习俗"的警惕和对抗姿态，甚至以"过客"式的决绝与孤独，主动放逐了这些"庸常温馨"的节俗快乐，展现出鲁迅式的愤懑。庸众自得其乐地活于旧历也死于旧历，这些"古已有之"的"旧历"已经成为一种具有强大主体性的生存样态，塑造着庸众的愚昧、麻木、冷

① 鲁迅：《过年》，《鲁迅全集》第五卷，463页。
② 鲁迅：《习惯与改革》，《鲁迅全集》第四卷，228—229页。

漠和自私，构成了一间万难破毁的铁屋。更令启蒙者痛心的是这些"旧的"拖着"新的"一同毁于黑暗，华小栓吃了革命者的血最终也没有治好自己的病，启蒙者与被启蒙者最后一同归于坟墓，这正是投身于启蒙的现代知识者所深切体会到的历史之重和时代之重。

2. 老舍的爱与恨：老舍笔下的四时八节

与鲁迅对于节令习俗警觉、抗拒的态度相比，老舍作为北京市民社会的表现者与批判者，却是深深爱恋并沉醉于这些风俗节日。但是，没有人能够逃脱时代的规约，即便是在这位幽默大师的笔下，那些原本承载着轻松快乐气氛的四时八节也难展欢颜。

和鲁迅一样，老舍也把这些风俗节令与民族生存的沉重问题拴在了一起，成为他透视国民性（老舍称为"民族性"）的一个隐喻性装置。以《四世同堂》为范本，老舍既写了一个民族国家的沦落史和抗争史，同时也叙写了一个城市和这个城市市民在一个特殊年代的生活史。或者说，《四世同堂》便是由老北京市民日常生活中的婚丧嫁娶、四时八节串起来的一个国家和文化的陷落及抗争过程。小说的明线是北平市民在整个抗战过程中所经历的惶惑——偷生——饥荒，暗线则是以老北京四季节俗的流转构成的时间流程，同时也是一个精神历程。小说第一部《惶惑》从"七七卢沟桥事件"之后的第一个时令节俗"中秋"写起，一直到冬天南京陷落；第二部《偷生》从北平的元旦、清明、端午节一直写到新年过后的正月初五，做了亡国奴的北平市民依旧满心欢喜地去北海举行滑冰比赛。第三部《饥荒》从北平饥馑的初夏写到了饥饿交迫的中秋前后的抗战胜利。在这部煌煌百万言的巨著中，老舍曾经多次超离血与泪的现实场景，调遣他诗意的笔墨对北平的时令节俗进行了细腻隆重的描绘。《惶惑》中描写了中秋前后的北平——一个由良乡的栗子、丰台的菊花、粉身彩面的兔爷和各种月饼装扮成的人间天堂；《偷生》中描写了北平的五月节——一个由桑葚、樱桃、粽子、五毒饼、供佛、神符构成的喜庆节日；还有北平的夏天——从十三陵的樱桃下市到枣子稍微挂了红色，一段由果子构成的历史；《饥荒》中描写了北平晴美的夏晨，以及北平市民在夏晨中的消遣——喝茶、遛鸟、放鸽子……。在一个刀光剑影、灾难深重的时节，老舍却转而腾出心情关注这些节令习俗，细细地在文字中品味这些节俗生活，可见，老舍已经不再把这些当作一种自然景观和生活场景，而是一种文化精神和生活方式。这些充满诗情画意的四时八节随着北平的沦陷正在消失，文化正在被破毁，曾经给市民们带来欢乐与喜庆的节令习俗都在侵略者的铁蹄下失去了光彩，在战争饥荒中偷生的人们忘记了一切，只看到了死亡的阴影。老舍一方面痛恨着侵略者践踏剥夺了这些诗意的节俗和市民们的快乐生活，另一方面也由国人在铁蹄下的惶惑、偷生转向了对于文化自身的深刻省思："一人群单位，有它的古往今来的精神的与物质的生活方式；假若我们把这方式叫作文化，则教育、伦理、宗教、礼仪，与衣食住行，都在其中，所蕴至广，而且变化万端。特重精神，便忽略了物质；偏重物质，则失其精神。""有文化的自由生存，才有历史的繁荣与延续——人存而文化亡，必系奴隶。"① 这是老舍在民族战争年代由节俗叙事所引申出来的对于民族和文化生死存亡的沉重思索。

3."乡下人"的执着：沈从文的"最后一个迎春节"

沈从文，同样思考着民族的出路问题，但是与鲁迅和老舍又有所不同，风俗节日给沈从文造成的时代之重是痛感于污浊、虚伪的"现代文明"给素朴、热烈、充满血性的古老文明造成的破毁与重压。无疑，沈从文也是一个"恋乡者"，他"以浏亮明净、潇洒随心的文字把湘西千里沅水和武陵山系十余县的山光水色、风物人情，倾入艺术之杯，使人在看惯三十年代作品中豪华堕落的都会和动荡分解的沿海乡镇之时，一睹'化外之地'山寨和水码头上宁静秀美而又古朴

---

① 老舍：《〈大地龙蛇〉序》，《老舍文集》第十卷，第287—288页。

奇幻的风俗画。"① 但是，沈从文绝不仅仅是湘西边地奇风异俗的欣赏者和记录者，还是一个执着的"追梦者"。他以一个"乡下人"的执着，把自己的生命体验融入对边城风土人情的庄重而热烈的描绘当中，在这背后，同样寄寓着他深沉的人性之思与民族之思。因此，沈从文笔下的边地乡俗，无论是风行全国的普通乡俗还是边民所特有的奇异风俗，都是为了诠释他理想中的"一种'优美，健康，自然而又不悖乎人性的人生形式'……为人类'爱'字作一度恰如其分的说明。"② 同样热切关心着中国社会的变动，沈从文凭借一个完美的理想图景向历史更深处漫溯，以自己的笔指示给读者，"认识这个民族的过去伟大处与目前堕落处。"③

《七个野人与最后一个迎春节》便是沈从文回溯历史和人性的标志性文本。"迎春节"是湘西边地的古老风俗，人们在迎春节这天可以纵酒狂欢，一年之中的这一日，历来是为神所核准的放纵与荒唐的日子。如今，这个佳节连同它带给人们的欢悦却被"官"禁止了。"官"固然代表着"进步与文明"，但同时也是破坏性的力量："有官的地方，是渐渐会兴盛起来，道义与习俗传染了汉人的一切，种族中直率慷

① 杨义：《中国现代小说史》第二卷，人民文学出版社1993年版，604页。

② 沈从文：《〈从文小说习作选〉代序》，《沈从文文集》第十一卷，花城出版社1984年版，45页。

③ 沈从文：《〈边城〉题记》，《沈从文文集》第六卷，72页。

慨全会消灭，迎春节的痛饮禁止，倒是小事中的小事，算不得怎样可惜，一切都得不同了！"①边地人一致否认抵抗这种荒唐的改革，他们愿意自己自由平等地生活下来，宁可使无知无识的神主宰自己，也不要官，因为神永远是公正的。于是，边地的"七个野人"为了维护"迎春节"，维护神赐予的自由与欢悦而躲进了山洞。当迎春节"荒唐的沉湎野宴"终于被强力禁止的时候，怀恋旧俗的人们全跑到了七个野人的山洞，尽享往日他们应得的快乐。七个野人最终以"图谋颠覆政府"的罪名被地方政府残酷杀掉了。所谓的地方进步实际是以对边民们快乐生活的剥夺和屠戮作为血腥代价的。沈从文"为眼前这个愚昧与贪得虚伪与卑陋交织所形成的'人生'而痛苦！"②以"最后一个迎春节"为象征，沈从文痛惜着一个充满神性的古老文明的被剥落与被侵蚀，致使人们永远失去了诗意栖居之地，"过去的不能挽回，未来的无从抵挡"③，这不仅是沈从文的失落，更是生活在不可阻挡的现代化过程中，每一个怀乡者都必然会有的文化之痛。

---

① 沈从文：《七个野人与最后一个迎春节》，《沈从文文集》第八卷，316页。

② 沈从文：《〈看虹摘星录〉后记》，《沈从文文集》第十一卷，53页。

③ 沈从文：《七个野人与最后一个迎春节》，《沈从文文集》第八卷，317页。

二、端午节：被放逐的欢乐

在鲁迅、老舍、沈从文笔下，不约而同地都对"端午节"有过描摹，致使这个承传了千百年的日常节令习俗翻新为一个更加意味深长的情感装置和时代聚光镜。

1. "新人"在"旧历"中的困窘：鲁迅的《端午节》

鲁迅的小说《端午节》在"呐喊"与"彷徨"的系列佳构中一直阐释不足。学界一般认为，鲁迅在结识了俄国盲诗人爱罗先珂之后引发了对于新兴知识分子的深刻反思，小说《端午节》正是这种思想转变的标志与开端。[①] 日本学者藤井省三也认为鲁迅的《端午节》是用来回答当时爱罗先珂对中国知识阶层的失望与批评的："鲁迅用这篇小说来说明这是北京知识阶级的现实。在小说里，鲁迅没有大声回答，但是饱含哀愁地描写了现实。"[②] 茅盾在 1927 年就以他特有的批评家的敏锐指出了鲁迅的《端午节》是旨在剥露人性弱点，同时也是深刻的自我剖析："在这里，作者很巧妙地刻画出'易地则皆然'的人类的自利心来；并且很坦白地告诉我们，

---

① 彭明伟：《爱罗先珂与鲁迅1922年的思想转变——兼论〈端午节〉及其他作品》，《鲁迅研究月刊》2008年2期。

② ［日］藤井省三：《中国现代文学和知识阶级——兼谈鲁迅的〈端午节〉》，《中国现代文学研究丛刊》1992年3期。

他自己也不是怎样例外的圣人。"① 以鲁迅对文字的精简与审慎而言，他的小说题目也不会随意拾取，往往是别有用意。因此，鲁迅以"端午节"作为小说的篇名便值得注意。还可以进一步追问，鲁迅描写现代知识分子的生活困境及精神症候为什么要选定"端午节"？祥林嫂的死为什么要在旧历的除夕？而写孔乙己的最后一次出现为什么又选择中秋过后？

众所周知，鲁迅对所谓"古已有之""从来如此"的旧历风俗习惯和所谓的"国粹"始终持警觉乃至对抗的态度。1929年国民政府出台了"禁用阴历"的改革措施，鲁迅尽管觉得这一举措过于琐碎，无关大体，但是由这一小小的改革措施所遭遇的普遍抵抗却引发了他对"习惯与风俗"力量的深刻认识和批判："例如上述的一年日历上不准注阴历，却来了阴阳合历一百二十年。这种合历，欢迎的人们一定是很多的，因为这是风俗和习惯所拥护，所以也有风俗与习惯的后援。别的事也如此，倘不深入民众的大层中，于他们的风俗习惯，加以研究，解剖，分别好坏，立存废的标准，而于存于废，都慎选施行的方法，则无论怎样的改革，都将为习惯的岩石所压碎，或者只在表面上浮游一些时。"② 鲁迅从改革的实效性出发建议改革者对于民众大层中的风俗习惯首

---

① 茅盾：《鲁迅论》，《茅盾论创作》，上海文艺出版社1980年版，115页。

② 鲁迅：《习惯与改革》，《鲁迅全集》第四卷，229页。

先要做"好与坏"的辨析，然后再做"存与废"的改革。但从总体上看，鲁迅基本还是把某些"古已有之"的习俗看作一种惰性力量给予批判的。但如果把这种改革旧俗习惯的主张直接置换为鲁迅对于节日的反对，则未免失当且失真。

日本学者藤井省三认为，"鲁迅在《端午节》里面很精巧地描写了新旧两种风俗、新旧两种文化、新旧两种意识形态正在冲突的年代的北京，以及在北京聚合的中国知识阶级的离爱罗先珂的理想有一些距离的现实。传统性的价值体系在《端午节》的方家里几乎没有了。方家的家庭经济只是依靠官方和大学所发的工资。"[①]这显然是比较皮相的看法。诚然，方家的家庭经济确实已经是"现代的"经济体系，但是说到传统性的价值体系完全失效则未必尽然，甚至说，正是这个依靠官方和大学的现代家庭经济，在遭遇了传统习俗中的端午节之后发生了化学反应，致使这个新兴的知识分子深刻地感受到了物质和精神上的双重困窘与威压，以至于压榨出了"皮袍下的小我"来。《端午节》确实是写了"新人"在"旧历"中的困窘，但是实际上，压迫方玄绰的与其说是一个旧历端午节，倒不如说是腐败的政府当局因欠薪而使方先生无法像以往那样安然且欣然度过这个端午节，所谓的"新与旧"的冲突实际是不成立的。从实际情形看，"旧历端

---

① ［日］藤井省三：《中国现代文学和知识阶级——兼谈鲁迅的〈端午节〉》，《中国现代文学研究丛刊》1992年3期。

午节"并没有失去它的物质性、精神性影响，但并非压迫性的影响，而是欢悦的影响。

细检鲁迅的日记，便会发现，除了极个别的年份外，日记中对"旧历端午节"均有所记载。端午节是当时国家的法定节假日（1914年后，又被临时政府定为"夏节"），同时也是约定俗成的"衙门"关饷和商家结算的日子。在正常情况下，政府职员会在端午前领取薪水回家过节。鲁迅在日记中除了记录发薪还经常记录端午节与友人、家人餐饮庆贺、互赠节食的生活细节。尤其在1919年鲁迅把母亲和家眷接到北京同住之后，传统节日所具有的伦理效应便愈发显示出来。一向孝顺的鲁迅再也不能任由自己的性子和好恶对待节日，就在把母亲接来同住的当年除夕，从来不过年的鲁迅也破例祭祖、添菜饮酒、放花爆。[①]玄揣此次鲁迅的从众过年，纯粹是为了迎合母亲的心思，照顾老人的情绪。而鲁迅的母亲逢年过节也经常会邀请亲戚朋友来家聚会，这些在鲁迅的日记中并没有记载，甚至包括一些意义非凡的节日家宴也没有在日记中得到如实记录。比如1925年的端午节，鲁迅的母亲就邀请了许广平、俞氏三姐妹、王顺亲和许羡苏等人来鲁迅的新居——北京西三条21号举行端午家宴。这次宴会宾主各尽其欢，鲁迅还与许广平比赛喝酒嬉闹，玩得十分开心，并因此引出了很多师生之间的逸闻趣事。有当事

---

① 鲁迅：《鲁迅日记》，《鲁迅全集》第十五卷，396页。

人回忆，这次端午家宴确实非同寻常："据我母亲和俞芳的
叙述，鲁迅先生家搬到西三条后，太师母逢年过节多次请
她们吃饭。但是在西三条'端午节而且有许广平参加的宴
会'，应当只有 1925 年唯一的一次，因为'许广平由林卓凤
陪同，第一次访问鲁迅'是在 1925 年 4 月 12 日，随后有了
端午节的家宴；而 1926 年的端午节，却正处于三一八惨案
后不久，鲁迅先生在外面的'逃难'才结束，更无心宴请
客人。到 1927 年的端午节时，鲁迅与许广平早已经离开北
京南下。此外，凡参加过 1925 年'端午节宴会'的，都没
有提到过另一次端午宴会。"① 在这次快乐的端午家宴后，当
事人都还意犹未尽，节后三天，鲁迅致信许广平所谈仍然
是这次过节的趣事，并约定了中秋节的娱乐计划："今年中
秋这一天，不知白塔寺可有庙会，如有，我仍当请客。"② 显
然，鲁迅过节的热情和雅兴不浅，尽管可能是醉翁之意不
在酒。但是，对于这次热闹非常、意义深刻、余情袅袅的
端午家宴，鲁迅日记中只有"端午休假"四个字。由此可
见，鲁迅对旧历端午节并非是视而不见的，而是时常"欢
度佳节"。因此，对于这样一个能给人带来欢乐愉快的节日，
因政府欠薪而使人无法享受过节的欢心，鲁迅的牢骚与懊恼

---

① 余锦廉：《许羡苏在北京十年（下）》，《鲁迅研究月刊》2009年10
期。

② 鲁迅：《书信·致许广平》，《鲁迅全集》第十一卷，500页。

也就有了渊源。

小说《端午节》是根据鲁迅亲历的欠薪、索薪的事件敷衍而成的，故事中的"事"与"人"皆有据可查。鲁迅在《记"发薪"》(《华盖集续编》)中曾讲小说《端午节》正是取自中华民国十一年的欠薪与索薪事件。关于这次的端午欠薪，因鲁迅1922年的日记散佚无法核对，但是周作人的回忆和年月考证证实了事件的真实性："《端午节》的著作年月注明白是一九二二年六月。查那年的旧日记……五月三十一日是阴历端午，再六月三日收到了二月份薪，照这一节看来，本文里说节前领到支票，要等银行休息三天后，在初八上午才能领到钱的话，与事实是相合的，因为那年六月三日正是阴历的初八。"[①] 小说中写到了每到逢年过节前一天，方玄绰领了薪水回家来的喜悦心情："照旧例，近年是每逢节根或年关的前一天，他一定须在夜里的十二点钟才回家，一面走，一面掏着怀中，一面大声地叫道，'喂，领来了！'于是递给伊一叠簇新的中交票，脸上很有些得意的形色。"[②] 这实际完全可以看作鲁迅的真实情绪，而方先生没有如期领到薪水过端午节的懊恼情绪同样也可以看作是鲁迅本人的。当然，鲁迅也借"端午节"这个装置透视了现代知识者的精

---

① 周作人：《年月考证》，《周作人自编文集·鲁迅小说里的人物》，河北教育出版社2002年版，157页。

② 鲁迅：《端午节》，《鲁迅全集》第一卷，565页。

神症候———一种"易地皆然"的怯懦、畏蔥、敷衍。"端午节"在中国的四时八节中历来有祛邪避瘟的意思，这似乎正与鲁迅对于知识阶层的反思产生了一种精神通感，这或许是个巧合，或许就是鲁迅一个有意识且有意味的设计。

2."文化"的沦丧与检验：老舍的端午节

老舍笔下的四时八节无疑构成了老北京魅力十足的风俗画卷，老舍写出了它的诗意，但也没有回避它的负担，而正是后者见出了一个伟大作家的责任所在。老舍把这些给人们带来安稳、祥和、快乐的时令节俗推到了一个外侮入侵、民族危亡的年代，以战争的血与火来检验中华民族自身的强与弱和自家文化的得与失。

北京的四时八节最具神采的便是与节日相匹配的节令食物，这也是民众对于节日最为本真的体会和享受。节令食品的丰富、精细程度显然是与人们对于节日的重视、热爱成正比的，节令食品既属于节日的物质层面又超于物质层面，可以看作物化的节日精神。不同节日习俗带给民众生活的美与乐往往是通过独特的节令食品体现的，它所满足的已经不仅仅是口腹之欲，而是一种精神需求甚至是审美需求。

在北京的端午节，粽子便成了过节的核心和灵魂，老舍在小说中如数家珍般历数了北京端午节粽子的历史和现状，以及由粽子所展现出来的北平市民讲求"体面""精美""官样"的礼俗与性情：

北平的卖粽子的有好几个宗派："稻香村"卖的广东粽子，个儿大，馅子种类多，价钱贵。这种粽子并不十分合北平人的口味，因为馅子里面硬放上火腿或脂油；北方人对糯米已经有些胆怯，再放上火腿什么的，就更害怕了。可是，这样的东西并不少卖，一来是北平人认为广东的一切都似乎带着点革命性，所以不敢公然说它不好吃，二来是它的价钱贵，送礼便显着体面——贵总是好的，谁管它好吃与否呢。

真正北平的正统的粽子是（一）北平旧式满汉饽饽铺卖的，没有任何馅子，而只用顶精美的糯米包成小，很小的，粽子；吃的时候，只撒上一点白糖。这种粽子也并不怎么好吃，可是它洁白，娇小，摆在彩色美丽的盘子里显着非常的官样。（二）还是这样的小食品，可是由沿街吆喝的卖蜂糕的带卖，而且用冰镇过。（三）也是沿街叫卖的，可是个子稍大，里面有红枣。这是最普通的粽子。

此外，另有一些乡下人，用黄米包成粽子，也许放红枣，也许不放，个儿都包得很大。这，专卖给下力的人吃，可以与黑面饼子与油条归并在一类去，而内容与形式都不足登大雅之堂的。

——老舍:《四世同堂·偷生》

老舍并非仅仅是老北京民俗的田野考察者，他娓娓续写北京端午粽子的迷人风采别有用意，那就是由这样的节食所表征的优美、丰富、快乐、雅致的生活样式、生活情趣正在侵略者的铁蹄下被损毁着，生活中失去了节日的人们所失去的不仅仅是欢乐，而是失去了生活的依据，"无节可过"让人们惶惑不安。到了端午节，小顺儿的妈韵梅（《四世同堂》）心中想着的是糯米红枣的粽子，可是她的北平变了样子，过端午节没有了樱桃、桑葚，与粽子！"她知道，反正要过节。……假若家中没有老的和小的，她自然无须乎过节，而活着仿佛也就没有任何意义了。""孩子是过年过节的中心人物，他们应当享受，快活。但是，她又真找不来东西使他们高声的笑。……妈妈没办法，只好抽出点工夫，给妞子作一串'葫芦'，只缠得了一个小黄老虎，她就把线笸箩推开了。没有旁的过节的东西，只挂一串儿'葫芦'有什么意思呢？假若孩子们肚子里没有一点好东西，而只在头上或身上戴一串儿五彩的小玩艺，那简直是欺骗孩子们！她在暗地里落了泪。"① "过节——孩子——欢乐——吃食"已经成为日常生活中牵扯着爱恨悲欢的敏感神经。同样感到委屈与不安

① 老舍：《四世同堂》，《老舍文集》第五卷，45—47页。

的还有善良、安分的祁老人："不过，他的五毒饼可成了功。祁老人不想吃，可是脸上有了笑容。在他的七十多年的记忆里，每一件事和每一季节都有一组卡片，记载着一套东西与办法。在他的端阳节那组卡片中，五毒饼正和中秋的月饼与年节的年糕一样，是用红字写着的。他不一定想吃它们，但是愿意看到它们，好与脑中的卡片对证一下，而后觉得世界还没有变动，可以放了心。今年端阳，他没看见樱桃、桑葚，粽子，与神符。他没说什么，而心中的卡片却七上八下的出现，使他不安。现在，至少他看见一样东西，而且是用红字写着的一样东西，他觉得端阳节有了着落，连日本人也没能消灭了它。"①"节日的失去"已经迫使这些善良、温厚的北平市民感受到了惘惘的威胁，促使这些平日只是被动而愉快的生活在四时八节、吃喝拉撒中的市民们也开始思考生存问题和文化问题。韵梅"说不上来什么是文化，和人们只有照着自己的文化方式——象端阳节必须吃粽子，樱桃，与桑葚——生活着才有乐趣。她只觉得北平变了，变得使她看着一家老小在五月节瞪着眼没事做。她晓得这是因为日本人占据住北平的结果，可是不会扼要的说出：亡了国便是不能再照着自己的文化方式活着。她只感到极度的别扭。"②

---

① 老舍：《四世同堂》，《老舍文集》第五卷，66页。
② 老舍：《四世同堂》，《老舍文集》第五卷，45页。

老舍更看到了在非常时期节俗与现实的错位。北平已经沦陷，生活于城中的善良市民们却并没有意识到灾难的到来，还在懵懂中努力偷生，担心着不能像往常一样过节和庆生。老舍不由得慨叹："当一个文化熟到了稀烂的时候，人们会麻木不仁的把惊魂夺魄的事情与刺激放在一旁，而专注意到吃喝拉撒中的小节目上去。"① 与韵梅和祁老人这些无知无识的市民不同，现代知识分子瑞宣则在端午节这天深切地感受到了文化所遭遇的凌侮与威胁。瑞宣想给老人买回一点儿应节的点心，讨他们欢心，但是以字号、规矩、雅洁、货真价实而著称的满汉饽饽铺——真正北平的铺店、和北平文化最相匹配的老字号已经慢慢地灭绝，"他知道明年也许连五毒饼这个名词都要随着北平的灭亡而消灭！出了店门，他跟自己说：'明年端阳也许必须吃日本点心了！连我不也做了洋事吗？礼貌、规矩、诚实、文雅，都须灭亡，假若我们不敢拼命去保卫它们的话！'"② 老舍无限钟爱着北京，四时八节正是它的表征，它的消亡令人痛心。正是出于这种挚爱，使老舍不得不从钟爱中抬起头来，反思这种过熟的文化给国民造成的荏弱，进而有了批判与再造的自觉和勇气："一个文化的生存，必赖它有自我的批判，时时矫正自己，充实自己；以老牌号自夸自傲，固执的拒绝更进一

---

① 老舍：《四世同堂》，《老舍文集》第四卷，302页。
② 老舍：《四世同堂》，《老舍文集》第五卷，64页。

步，是自取灭亡。在抗战中，我们认识了固有文化的力量，可也看到了我们的缺欠——抗战给文化照了'爱克斯光'。在生死的关头，我们绝对不能讳疾忌医！何去何取，须好自为之！"①老舍对于中国传统文化的固有力量是充满自信的，并把抗战作为本民族文化新生的一个契机，老舍要从一种懵懂被动的生存状态中提炼一种自觉与主动，从善良隐忍中挖掘一种斗志与坚毅，借抗战的血与火锻造一种新的民族精神。

3. 人性的恣意：沈从文的"端午节"

沈从文写过元宵、除夕，并直接以这些节日作为小说的题目。但实际上，这些节日并没有被当作节日进行如实真切的描绘，节日只是构成了一个模糊的背景，仅仅是两个纯粹的时间概念，节日本身不具备更多的意义内涵。当沈从文把生命融入边地，"准备创造一点纯粹的诗，与生活不相粘附的诗"②时，"端午节"便成了沈从文的最爱，或者说，"端午节"成了一个重要的象征和隐喻，构成了边地未被现代文明污染的化外之风、健康人性的一种对应物。

沈从文在散文、小说中曾经几次专门腾出笔墨描摹湘西边地的端午节。在《湘行散记·箱子岩》中，沈从文渲染

---

① 老舍：《〈大地龙蛇〉序》，《老舍文集》第十卷，289页。
② 沈从文：《水云》，《沈从文文集》第十卷，279页。

了十五年前辰河人在五月十五过大端阳节时赛龙舟的热烈场景。边地端午节的热烈狂欢使沈从文激动不已，使他"重新感到人类文字语言的贫俭。那一派声音，那一种情调，真不是用文字语言可以形容的事情。"更促使沈从文对于历史回溯发生了一种幻想，一点儿感慨："这些人生活却仿佛同'自然'已相融合，很从容的各在那里尽其性命之理，与其他无生命物质一样，惟在日月升降寒暑交替中放射，分解。"①此次端午节作为一种诗意的巅峰体验深深镌刻在了沈从文的生命之中，在此后的人生历程中他不断回溯到这个端午节。沈从文的每次返回湘西也是回到精神的故乡，但是现实却总是失望。在《湘西》中，沈从文直接把数年前记载的箱子岩的那次端午节场景原封不动地移到这里，充满了现实的忧郁和感慨："端阳节竞渡时水面的壮观，平常人不容易得到这种眼福，就不易想象它的动人光景。……满眼是诗，一种纯粹的诗。生命另一形式的表现，即人与自然契合，彼此不分的表现，在这里可以和感官接触。一个人若沉得住气，在这种情境里，会觉得自己即或不能将全人格溶化，至少乐于暂时忘了一切浮世的营扰。"②直到60年代，沈从文还对那次精神的盛宴念念不忘："近年来我的记忆力日益衰退，可是四十多年前在一条六百里长的沅水和五个支流一些大城

① 沈从文：《箱子岩》，《沈从文文集》第九卷，282、284页。
② 沈从文：《湘西》，《沈从文文集》第九卷，379页。

小镇度过的端阳节，由于乡情风俗热烈活泼，将近半个世纪，种种景象在记忆中还明朗清楚，不褪色，不走样。"① 古老记忆中的湘西成为沈从文的精神圣地，边地的"端午节"成为这片精神热土的风标，成为边地热烈风情和优美人性的象征。

无疑，爱情是诠释人性的最佳方式，湘西边地苗族男女青年的求爱方式便是在大年、端午、中秋唱情歌："抓出自己的心，放在爱人的面前，方法不是钱，不是貌，不是门阀也不是假装的一切，只有真实热情的歌……一个人在爱情上无力勇敢自白，那在一切事业上也全是无希望可言，这样人决不是好人！"② 端午节成为边民热烈情感、真纯人性恣意表达的一个最佳契机，沈从文借此追怀一个民族曾经拥有的高贵性格——热情、勇敢、诚实，一种已经消失殆尽的血质的遗传，如今已经"为都市生活所吞噬，中着在道德下所变成虚伪庸懦的大毒"。③ 沈从文精心结构的经典名篇《边城》便是由端午节串起来的故事。端午节不仅仅是贯穿整个故事情节的一个线索，而且成为边地精神的一种写照。在这里，节日本身已经成为故事中一个不可或缺的角色。边地人自由自在的生活在这一份属于自己的安分乐生里，一切顺由自然与

---

① 沈从文：《过节和观灯》，《沈从文文集》第十卷，228页。
② 沈从文：《龙朱》，《沈从文集·萧萧》，北京十月文艺出版社2008年版，88—89页。
③ 沈从文：《写在"龙朱"一文之前》，《沈从文集·萧萧》，85页。

天意：

　　端午日，当地妇女小孩子，莫不穿了新衣，额角上用雄黄蘸酒画了个王字。任何人家到了这天必可以吃鱼吃肉。大约上午十一点钟左右，全茶峒人就吃了午饭，把饭吃过后，在城里住家的，莫不倒锁了门，全家出城到河边看划船。河街有熟人的，可到河街吊脚楼门口边看，不然就站在税关门口与各个码头上看。河中龙船以长潭某处作起点，税关前作终点。作比赛竞争。因为这一天军官税官以及当地有身分的人，莫不在税关前看热闹。划船的事各人在数天前就早有了准备，分组分帮各自选出了若干身体结实手脚伶俐的小伙子，在潭中练习进退。船只的形式，与平常木船不大相同，形体一律又长又狭，两头高高翘起，船身绘着朱红颜色长线，平常时节多搁在河边干燥洞穴里，要用它时，拖下水去。每只船可坐十二到十八个桨手，一个带头的，一个鼓手，一个锣手。桨手每人持一支短桨，随了鼓声缓促为节拍，把船向前划去。坐在船头上，头上缠裹着红布包头，手上拿两支小令旗，左右挥动，指挥船只的进退。擂鼓打锣的，多坐在船只的中部，船一划动便即刻蓬蓬锵锵把锣鼓很

单纯的敲打起来，为划桨水手调理下桨节拍。一船
快慢既不得不靠鼓声，故每当两船竞赛剧烈时，鼓
声如雷鸣，加上两岸人呐喊助威，便使人想起梁红
玉老鹳河时水战擂鼓，牛皋水擒杨幺时也是水战擂
鼓。凡把船划到前面一点的，必可在税关前领赏。
一匹红，一块小银牌，不拘缠挂到船上某一个人头
上去，皆显出这一船合作的光荣。好事的军人，且
当每次某一只船胜利时，必在水边放些表示胜利庆
祝的五百响鞭炮。

　　赛船过后，城中的戍军长官，为了与民同乐，
增加这个节日的愉快起见，便把三十只绿头长颈大
雄鸭，颈脖上缚了红布条子，放入河中，尽善于泅
水的军民人等，下水追赶鸭子。不拘谁把鸭子捉
到，谁就成为这鸭子的主人。于是长潭换了新的花
样，水面各处是鸭子，同时各处有追赶鸭子的人。

　　船与船的竞赛，人与鸭子的竞赛，直到天晚方
能完事。

——沈从文《边城》

　　沈从文不厌其烦、津津乐道地描摹着湘西边城的"端午
节"，这是边地人单纯、热烈的人性的表征。《边城》中也是
以这样的三次端午节串起了翠翠和大佬天保、二佬傩送的一

份单纯又忧伤的情爱纠葛。两年前的五月端阳，祖父带了黄狗同翠翠进城看划船结识了二佬傩送，使翠翠记住了那个甜而美的端午节；上年一个端午，翠翠又同祖父进城看船，不见二佬却认识了大佬；又到了端午，二佬来请翠翠和祖父去城里看船，大佬和二佬都爱上了翠翠。没有外力的迫压，没有几多利害的计较，一份原本美好的情愫就这样被冥冥的命运与偶然牵引着走向了愈来愈浓重的忧郁——大佬死去，爷爷死去，二佬出走，只剩下翠翠一个人等待着，在睡梦里为歌声把灵魂轻轻浮起来的青年人。承载着边地人快乐的"端午节"已经蒙上了忧郁的暗影，爱情从萌生到失落，人们的情绪也从温馨到惶恐，再加上翠翠的母亲与父亲当年相爱而不能结合，最终双双殉情的记忆，都成为一个抹不去的阴影，欢乐背后隐伏了悲痛。这是沈从文内心忧虑的一个深刻隐喻，"现代"已经进入湘西，素朴的风土孕育出的单纯信仰和纯真人性都行将消失。

端午节在沈从文的湘西世界中被赋予了特殊含义，人性的恣意正是在这个狂欢的节日中得以宣泄，情感上的爱与痛惜也借此得以表达。沈从文从诸多民俗节日中把"端午节"提炼出来，目的也是为了更为集中地萃取人性的健康与优美。但这一切都也不过是个象征，一个永远逝去的美好世界的象征。但是这份经过记忆与想象过滤的美好世界，如同燃烧着的纯净火焰，照见了现实的污浊与堕落，也照亮了理想人性，沈从文要从那份遥远的记忆中提炼生命的单纯、庄严与神性。

沈从文说："美丽总令人忧愁，然而还受用。"①

（原载《学术交流》2010 年 11 期）

① 沈从文《〈看虹摘星录〉后记》，《沈从文文集》第十一卷，49页。

《骆驼祥子》：虚假的城乡结构

  经典名著的伟大意义也许在于不同时代的人们总是能够从中读出与自己时代相关的意义，这种"时代性"的解读在开掘文本新意的同时也往往造成意义的限制或者窄化，老舍的小说《骆驼祥子》[①]正是如此。人们先是在 21 世纪中国历史的革命进程中把它解读为一个"旧社会的悲剧"，并由此串联起一系列的"阶级"相关话语；随着 21 世纪中国社会城市化进程的加速，骆驼祥子又被翻新为一个"农民工进城的故事"，由此所谈及的则是与城乡二元结构相关的现代性话语，诸如体制问题、伦理问题、经济问题等。无论是哪种话语，几乎都无一例外地把祥子的身份认定为"农民"，这一身份的确认对于上述两种悲剧意义的阐释都至关重要，尤其成为后一种解读的充要条件。但是在笔者看来，这一标注

---

  ① 本文所用《骆驼祥子》版本为舒济、舒已编《老舍小说全集》第4卷（长江文艺出版社1993年版）。按照本卷的"说明"，是根据最初的版本与发表时的报刊校勘，即1936年9月至1937年10月《宇宙风》第25期至48期。人间书屋1939年3月初版。文本引用部分，只标明页码。

着现代特征的"城乡结构"在《骆驼祥子》中并不是一个真实的存在，老舍刻意提示的"乡下"和祥子时时流露的"乡下人特征"都只是虚晃一枪，小说中指称的"乡下"其实是一个虚拟的存在，祥子的"农民身份"也是一个虚假的装置。破解这一带有现代意识形态特征的"城乡结构"，有助于去除人们在新一轮的意义赋值中对于"祥子悲剧"的限定性理解，以及由这一具象理解所造成的经典文本意义的窄化。

一、没有的"故乡"和虚假的乡下人身份

祥子的"进城"固然是一个白纸黑字的事实，但是如果由此再往前追溯祥子"进城前"的身世及身份则显得含混不清："生长在乡间，失去了父母和几亩薄田，十八岁的时候便跑到城里来。带着乡间小伙子的足壮与诚实，凡是以卖力气就能吃饭的事他几乎全做过。"（228页）这是整篇小说中对于祥子身世最为"详细"的交代。其余几处则更为语焉不详："生在北方的乡间""生长在乡间"等，至于祥子所来自的"乡间"到底是个什么地方，则始终是一个渺茫的所在。由此所能得出祥子的基本状况是：无父无母，没有亲人，没有故乡。与诸多"乡下人进城"叙事中都必然存在着一个与城市遥相对应的具体村落相比，老舍根本无意给祥子设计

这样一个故乡，或者说，老舍在给祥子设定了一个"乡下人"的身份让他"进城"之后，又彻底切断了他与故乡的一切关联。如果说前者构成了一个"城乡文本"，那么老舍的《骆驼祥子》则是一个地地道道的"城市文本"。一旦破除了"故乡"这一层迷障，就可以更清晰地看到祥子与乡土的"虚假关联"，具体体现为祥子对于乡间的隔膜以及淡薄到没有的乡土意识和乡土情结。

由 20 世纪中国的"乡土小说""京派文学""底层叙事""打工文学"等小说所演绎的"乡下人进城"母题，几乎无一例外地都会涉及"乡下人"或者"农民"进城后所产生的"城市异在者"的焦虑感和摆脱不掉的"怀乡／还乡情结"。"怀乡／还乡"不但构成一种心灵寄托，也往往成为一种实际的选择，尤其当这些"乡下人"在城市生活中遭遇挫折与困境时，一个本能的念头和行动往往都是"逃回乡下"，这不但在"乡下人进城"的典型叙事模式中比比皆是，也存在于一些非典型的书写中，比如鲁迅笔下进城谋生的阿 Q，当偷窃的行为被发现面临恐惧和危险时，立即逃回了未庄；老舍《离婚》中的老李，也是在他追求的"诗意"破灭后偕同因掐死小赵而陷于恐惧的丁二爷回了乡下。尽管在大多数情况下，"故乡"往往成了一个回不去的所在，但是"还乡"仍旧成为化解"进城者"精神危机和现实危机的一种有效方式，"怀乡"则几乎成为"乡下人"近乎永恒的"心结"。对这些根植于乡土的"城市闯入者"而言，"城"永远是"他乡"、是"漂泊"，"故乡"作为"第一的哭处"（废名语）则是永远的归宿。这种神秘而古老的"恋乡本能"和"还乡渴望"几乎成为 20 世纪中国文学家及其笔下人物共同的热烈情愫。然而，这种"乡土本能"和"还乡渴望"在同样是"来自乡间"的祥子身上几乎不存在，甚至恰好相反，遭遇困境而"逃回故乡"的念头和行动在祥子这里是被置换成"逃回城里"的逆向书写。祥子在城里遭遇的第一次困境是在买了第一辆洋车后被大兵连人带车一齐捉去并裹挟进了山里，当他终于找到了趁天黑战乱逃跑的机会时，他的头脑中立即出现一幅清晰的北平地图，而条条路线都是通向城里：磨石口是个好地方，往东北可以回到西山；往南可以奔长辛店，或丰台；……要逃，就得乘这个机会。由这里一跑，他相信，一步就能跑回海淀！虽然中间隔着那么多地方，可是他都知道呀；一闭眼，他就有了个地图：这里是磨石口——老天爷，这必须是磨石口！逃回城里的热望"使他浑身发颤！"（241 页）同时，从山里逃回城里的过程也是祥子亲身接触"乡间"的过程，但是面对乡间和乡民，祥子内心所产生的不是亲切而是陌生乃至恐惧。由兵营逃出来的祥子最担心的不是官府把自己当"逃兵"拿去，而是被村人们捉住活埋，由这层想象的恐惧也致使祥子在走近乡村和乡民时提高了作为一个"陌生者"和"闯入者"的警惕：

村犬向他叫，他没大注意；妇女和小孩儿们的注视他，使他不大自在了。他必定是个很奇怪的拉骆驼的，他想；要不然，大家为什么这样呆呆地看着他呢？他觉得非常的难堪；兵们不拿他当个人，现在来到村子里，大家又看他象个怪物！他不晓得怎样好了。他的身量，力气，一向使他自尊自傲，可是在过去的这些日子，无缘无故的他受尽了委屈与痛苦。他从一家的屋脊上看过去，又看见了那光明的太阳，可是太阳似乎不象刚才那样可爱了！

他自己也大大方方地坐在一株小柳树下。大家看他，他也看大家；他知道只有这样才足以减少村人的怀疑。（250 页）

由祥子的防范心理而与乡民构成的近乎敌对的"对峙性"的场景以及祥子由此产生的屈辱感，可知，在祥子身上根本看不到一个在乡间长到十八岁、种过庄稼的农人对于乡土和乡民们那种近乎本能的亲近感，相反，祥子不但没有体会出乡土的温情与亲切，反而对于乡民们的"呆看"产生误解，把乡民们只是出于好奇甚至没有任何用意的注视与大兵们带给他的屈辱相提并论，这种由警觉和错觉而产生的隔膜感、羞辱感恰恰泄露了祥子"虚假的乡下人"身份。而正是由于这层虚假的乡下人身份，我们也能理解为什么祥子在经

历了这场生死劫难之后，本能的念头不是"逃回故乡"而是
"逃进城里"："他渴望再看见城市，虽然那里没有父母亲戚，
没有任何财产，可是那到底是他的家，全个的城都是他的
家，一到那里他就有办法。"（249 页）离开了让他感到不自
在的乡民，祥子"要一步迈到城里去"。（253 页）为了不被
乡民误当成"逃兵"再捉去，祥子甚至改变了逃亡路线，没
有从黄村大道直接进城，而是绕道西山回到了城里。与祥子
在乡间处处提起的防范戒备心理形成鲜明对照的是祥子对于
城市"灰臭污浊"的亲切感：

　　一气走到了关厢。看见了人马的忙乱，听见了
复杂刺耳的声音，闻见了干臭的味道，踏上了细软
污浊的灰土，祥子想趴下去吻一吻那个灰臭的地，
可爱的地，生长洋钱的地。没有父母兄弟，没有本
家亲戚，他的唯一的朋友是这座古城。这座城给了
他一切，就是在这里饿着也比乡下可爱，这里有的
看，有的听，到处是光色，到处是声音；自己只要
卖力气，这里还有数不清的钱，吃不尽穿不完的万
样好东西。在这里，要饭也能要到荤汤腊水的，乡
下只有棒子面，才到高亮桥西边，他坐在岸上，落
了几点热泪！

与走近乡村和乡民产生的紧张感相比，离城市越来越近的祥子所产生的是一种愉悦和放松，河上的老柳，河北岸的麦子，河南的荷塘……这一切的一切"在祥子的眼中耳中都非常的有趣和可爱……因为它们都属于北平。坐在那里，他不忙了。眼前的一切都是熟习的，可爱的，就是坐着死去，他仿佛也很乐意。"（256页）这正如京派作家笔下那些患着热烈的"怀乡病"的城市还乡者对故土的渴望是一样的，哪怕乡村"是一片有毒的土地"，也愿意踏上去。（师陀语）同样，对祥子而言："除非一交栽倒，再也爬不起来，他满地滚也得滚进城去。"（255页）二者所描述的都是一种"回家"的强烈感受，只不过是对祥子而言，真正的"家"不是在乡下，而是在城里。

二、"京师乃故土"：祥子的故乡之恋

"乡下人进城"母题也在进城者的情感方式上形成了一个内在的"城乡结构"。尽管他们对于"城"和"乡"各有爱恨，但是对于"城"的爱恨和对"乡"的爱恨并不是等量齐观的，简而言之，这些进城者对乡土的"爱"永远大于"恨"，对乡土的"爱"也永远大于对城市的"爱"，同时，城市生活的失望与屈辱感又加剧着对于"乡土"的渴念，于是便形成了一个"城乡补偿式"的情感结构。由此，我们也

可以理解为什么在"乡下人进城"文本中又往往暗含着一个"回乡"的亚文本，虽然这种"还乡"可能是"身体还乡"，也可能是"精神还乡"，甚至有时还乡之后再次选择逃离。这种情感流浪状态究其根源即在于城乡之间从生活方式到道德情感方式之间的巨大差异以及进城者由此产生的"城市不适应症"乃至"情感排异"，其中最为典型的例子莫过于"京派作家"刻意标榜的"乡下人身份"以及对乡土的神话书写，这种令他们引以自傲的身份固然成为其对抗都市病态文明的一种倔强姿态，但背后所隐含的城乡之间的深刻隔膜以及"乡下人"难以真正融入城市的情形也是一个无法遮掩的事实，即便有些"乡下人"已经居于城市几十年并获得了久居城市的资格和身份，但是情感上的"城乡隔膜"仍难以消除。然而，这种"城市里的乡下人"对于都市的复杂情感在"进城没几年"的祥子身上几乎不存在，"城与乡"的内在情感结构在祥子这里明显失效，祥子的情感几乎是单元的和单向的，他心中只有对于北平的挚爱。

与一般"乡下人进城"叙事中经由精神危机产生的"离城"念头和"还乡"行为有所不同，祥子也曾在与虎妞的关系纠葛中遭遇了精神和肉体的双重苦闷而萌生了"离开"的念头，但是这个念头不但没有导致离开的行动，反而加深了祥子对于城市的留恋，或者说，祥子每一次离开的念头都不过证明了他与这座城的"难舍难分"：

　　有时候他也往远处想，譬如拿着手里的几十块钱到天津去；到了那里，碰巧还许改了行，不再拉车。虎妞还能追他天津去？在他的心里，凡是坐火车去的地方必是很远，无论怎样她也追不了去。想得很好，可是他自己良心上知道这只是万不得已的办法，再分能在北平，还是在北平！

　　最好是跺脚一走。祥子不能走。就是让他去看守北海的白塔去，他也乐意；就是不能下乡！上别的城市？他想不出比北平再好的地方。他不能走，他愿意死在这儿。

　　困境中的祥子虽然也曾纠缠于"走还是不走"，但是"走"的目标却绝对不是乡下，而是另一个与北京相邻的城市——天津，最后权衡的结果是宁愿死在北平也不愿意走。既然与这座城市有着生死相依、生死与共的志愿，那么眼前的生活困境也就没那么可怕，甚至为了能留在这个心爱的城里，祥子甘愿主动投身于虎妞的圈套，被她套牢：

　　他舍不得北平，天桥得算有一半儿原因。每逢望到天桥的席棚，与那一圈圈儿的人，他便想起许多可笑可爱的事。现在他懒得往前挤，天桥的笑声里已经没了他的份儿。他躲开人群，向清静的地方

走，又觉得舍不得！不，他不能离开这个热闹可爱
的地方，不能离开天桥，不能离开北平。走？无路
可走！他还是得回去跟她——跟她！

祥子的"走"完全是虚假和虚弱的，对于北平的爱战
胜了一切。确切地说，"虚假的乡间身份"注定了祥子实际
上无路可走、无乡可还，因为"北平"才是他真正、唯一的
"故乡"，离开北平形同于背井离乡。就对北平这座古城的深
挚情感而言，"祥子"是老舍笔下最像"老舍"的人物形象。
祥子这种对北平的爱根本不是"城市异在者"带着矛盾心情
的爱，祥子的故事也不在研究者对 90 年代以来"乡下人进
城"叙事所总结的故事类型中，既不是"淘金者的故事"，
也不是"征服者的故事"，更不是"融入者的故事"，[①] 确切地
说，祥子和这座城市的关系近乎一种"生于斯死于斯"的血
脉情感。这和老舍自己对北京的情感是一致的，毋宁说，老
舍是把自己对于北平故土的深挚情感投射到了祥子身上。从
这个意义上讲，祥子就是老舍。如果说，20 世纪中国上半
叶的现代作家都或多或少沾染了一种"怀乡病"的话，那么
老舍也是其中"病得最重"的一个，老舍曾直接把北平比作
自己的母亲，了解"母亲"在老舍心中的地位和价值的人才

---

① 黄善明：《论20世纪90年代"乡下人进城"小说的故事类型》，《扬
州大学学报(人文社会科学版)》2008年3期。

能体会，这个看似寻常而普通的比拟在老舍这里绝非寻常，
而是有着生命的重量和厚度：

> 我真爱北平。这个爱几乎是要说而说不出的。
> 我爱我的母亲。怎样爱？我说不出。在我想作一件
> 讨她老人家喜欢的时候，我独自微微的笑着；在我
> 想到她的健康而不放心的时候，我欲落泪。言语是
> 不够表现我的心情的，只有独自微笑或落泪才足以
> 把内心揭露在外面一些来。我之爱北平也近乎这
> 个。……因为我的最初的知识与印象都得自北平，
> 它是在我的血里，我的性格与脾气里有许多地方是
> 这古城所赐给的。我不能爱上海与天津，因为我心
> 中有个北平。可是我说不出来！（老舍：《想北平》）

这是一种无法言说的生命之爱，一种赤子对于母亲那样
的无条件、无原则的依恋和热爱！"老舍与北平/北京"甚
至已经成为一种为学界所关注的文化现象。有研究者在谈到
老舍与北京的情感时也看到了他小说中的人物，尤其是祥
子对于这座城所具有的"一份命定是属于这座古城的归属
感"。[1]"归属感"可以算是"故乡"的另一种称谓，这种"京
师乃乡土"的归属感既是祥子的，也是属于老舍的，老舍把

---

① 关纪新：《老舍与北京》，《兰州大学学报》2006年4期。

自己的这份情感复活在祥子身上，由此也可以反向证明，祥
子的真正身份是这座古城的市民而不是来自乡间的乡民。

无疑，小说也曾写到祥子对于乡间的一种回忆：

> 当在乡间的时候，他常看到老人们在冬日或者
> 秋月下，叼着竹管烟袋一声不响地坐着，他虽然年
> 岁还小，不能学这些老人，可是他爱看他们这样静
> 静地坐着，必是——他揣摩着——有点什么滋味。
> 现在，他虽是在城里，可是曹宅的清静足以让他想
> 起乡间来，他真愿抽上个烟袋，咂摸着一点什么
> 滋味。

这是祥子到曹宅拉包月之后在安宁满足的生活中产生
的所谓"乡间回忆"，但是这种对于"宁静乡间"的回想与
陶醉与其说是一个乡下人的感受，不如说是一个"城里人"
的美好想象，是过滤掉了（或者说根本看不到）污秽、肮
脏与苦难之后的一种审美静观，是由对城里生活的满足感
而投射给乡村的一种联想。这种"乡间想象"是属于祥子
的，也是属于老舍的，总之是一种城市趣味，而不是一种
"思乡"。

三、来自乡间的道具：树、土地、骆驼以及乡下姑娘

老舍给了祥子一个"来自乡间"的虚拟身份，同时为了保持这一乡下人的身份，老舍采用了一系列来自乡间的"道具"来装扮祥子，努力在"祥子"和"乡土"之间建立起一种密切的关系。首先是"人与树"的关联和想象。老舍在小说中用"树"来比喻祥子："到城里以后，他还能头朝下，倒着立半天。这样立着，他觉得，他就很象一棵树，上下没有一个地方不挺脱的。他确乎有点象一棵树，坚壮，沉默，而又有生气。"（229—230页）其次是"车与土地"的比喻："祥子似乎忘了他曾经作过庄稼活；他不大关心战争怎样的毁坏农地，也不大注意春雨的有无。他只关心他的车，他的车能产生烙饼与一切吃食，它是块万能的田地，很驯顺地随着他走，一块活地，宝地。"（237页）再次便是"骆驼"的隐喻。祥子在遭遇大兵之后于"生死逃亡"之际顺便牵出了三头骆驼卖掉，从此被冠以"骆驼祥子"的外号。除此之外，老舍还额外给了祥子一个带有幽默色彩的乡间标记——脸上的伤疤："特别亮的是颧骨与右耳之间一块不小的疤——小时候在树下睡觉，被驴啃了一口。"这一切取自"乡间"的元素无疑都直接或者间接地强化了祥子"来自乡间"的身份，在祥子和"乡土"之间建立起了一种通感。但是如果再往人物的精神和心理深处探寻，便出现了破绽。众

所周知，中国的乡民，尤其在前现代时期的乡民对于土地的情感几乎是一种血脉相连、生死相依的关系，"土地"完全超越了作为一种基本生产资料的意义，而内化为一种生命的依托。老舍也写到祥子把自己的车比喻成一块"宝地"，据此，人们认定祥子对于车的热爱是农民对于土地的移情。但实际上，一旦在"车"和"地"之间衡量选择，祥子的兴奋点只在前者而非后者："想到骆驼与洋车的关系，他的精神壮了起来，身上好似一向没有什么不舒服的地方。假若他想到拿这三匹骆驼能买到一百亩地，或者可以换几颗珍珠，他也不会这样高兴。"（247—248页）祥子对于土地并没有乡民应有的真正热情。因此，有研究者也注意到祥子作为农民对于乡村的不正常心理，而认为"老舍赋予祥子的价值取向是城市人的，而非乡村人的"，并把这归结为老舍乡村经验的缺乏。[①]

笔者之所以认定"树""土地""骆驼"这些来自乡间的元素都只是道具，甚至只是面具，是因为一旦祥子面临价值选择和情感选择的时候，便完全抛弃了"来自乡间"的虚假信念，这一点最鲜明地体现在他的爱情观上。祥子的理想是娶一个"乡下姑娘"："他来自乡间，虽然一向没有想到娶亲的事，可是心中并非没有个算计；假若他有了自己的车，生

---

① 苏奎：《土地·车·城市——再读〈骆驼祥子〉》，《名作欣赏》2008年第2期。

活舒服了一些，而且愿意娶亲的话，他必定到乡下娶个年轻力壮，吃得苦，能洗能作的姑娘。……最后，他必须规规矩矩，才能对得起将来的老婆，因为一旦要娶，就必娶个一清二白的姑娘，所以自己也得象那么回事儿。"（276—277 页）"娶一个乡下姑娘"的朴素想法与祥子"来自乡间"的身份确实非常吻合，但这只是一个假象，或者说这是祥子在与虎妞有了一种无法摆脱的关系之后而生发的愿望，甚至可以说是虎妞这个"不干不净"的"破货"给祥子带来的一种情感应激反应。虎妞"下嫁"给祥子，由车厂老板甘心变成车夫的老婆生活于大杂院也算是"吃得苦"，同时虎妞每天为祥子操持家务，也称得上"能洗能作"，因此，在这一套说辞中，"年轻"和"一清二白"才是关键词。一旦这种心理和生理的应激反应期过去，而参照对象也发生了逆转之后，祥子的真实想法便呈现出来，他真正心仪的绝对不是一个所谓"一清二白的乡下姑娘"，而是一个地地道道的城市姑娘，而且是一个"堕落天使"——身为暗娼的小福子。但是在祥子眼里："她是个最美的女子，美在骨头里，就是她满身都长了疮，把皮肉都烂掉，在他心中她依然很美。她美，她年轻，她要强，她勤俭。假若祥子想再娶，她是个理想的人。……在她身上，他看见了一个男人从女子所能得的与所应得的安慰。"一方面，小福子这个同样挣扎在底层社会中备受侮辱与损害的柔弱女性真正唤起了祥子心底全部的"爱与痛惜",另一方面,也可见出,祥子所需要的绝不仅仅是一个乡下人意义上的"老婆",而是一个能和自己共同奋斗的伴侣、一个体面的、气派的、能拿得出手的"祥子太太":"给她买件棉袍,齐理齐理鞋脚,然后再带她去见曹太太。穿上新的,素净的长棉袍,头上脚下都干干净净的,就凭她的模样,年岁,气派,一定能拿得出手去,一定能讨曹太太的喜欢。"而正是在"温文尔雅"的小福子面前,在一个理想的"太太"面前,所谓的"乡下姑娘"、所谓的"一清二白"也变得一文不值:

> 天下的女人多了,没有一个像小福子这么好,这么合适的!他已娶过,偷过;已接触过美的和丑的,年老的和年轻的;但是她们都不能挂在他的心上,她们只是妇女,不是伴侣。不错,她不是他心目中所有的那个一清二白的姑娘,可是正因为这个,她才更可怜,更能帮助他。那傻子似的乡下姑娘也许非常的清白,可是绝不会有小福子的本事与心路。

祥子并没有嫌弃小福子的"不干净"的身份,相反,他把她作为一个知己和同道,一个和自己一样好强、体面的奋斗者,这样一个出身在城市大杂院的城市姑娘才是祥子心目中的理想伴侣，是祥子心目中真正的"女神"。而正是"小福子之死"才最终瓦解了祥子最后一丝奋斗的希望和勇气。祥子从小福子的命运更真切地看到了自己的结局，一个好强者努力奋斗的下场："他是要强的，小福子是要强的，他只剩下些没有作用的泪，她已经作了吊死鬼！一领席，埋在乱死岗子，这就是努力一世的下场头。"小福子的死成为祥子彻底放弃自己、走向堕落的关键："他不再有希望，就那么迷迷糊糊地往下坠，坠入那无底的深坑。他吃，他喝，他嫖，他赌，他懒，他狡猾，因为他没了心，他的心被人家摘了去。他只剩下那个高大的肉架子，等着溃烂，预备着到乱死岗子去。"（449 页）小福子是祥子的一个镜像，一个底层市民的命运镜像，而在这个意义上，他们最终都只能是"生是这个城市的人，死是这个城市的鬼"。

四、"来自乡间"的单纯意图

老舍赋予祥子一个"乡间"的身份，其意图既不是像 20 年代乡土小说那样要进行启蒙性批判，也不是像 30 年代京派作家那样旨在揭露都市的病态文明并歌赞乡土人性，更没有后来"打工文学"或者"底层叙事"所包含的体制性思考。如果说上述这些意图都需要在一个明确的城乡二元结构中获得实现的话，那么很显然，《骆驼祥子》则因这一对峙性结构的缺失而致使上述诸意图一一落空。老舍赋予祥子一个"来自乡间"的身份，其意图很单纯，并不是借此要构建一个批判性的城乡二元结构，而是要通过这一象征性身份负载一些"选择性"人物特征，具体说来，就是祥子作为一个"高等车夫"所必备的条件。首先是身体的资本，对祥子而言，"身体"意义的重要性在于它已经扩展为一种本质性力量，并成为左右其精神走向的动力。在北平分为三六九等的车夫中，"二十岁以下的——有的从十一二岁就干这行儿——很少能到二十岁以后改变成漂亮的车夫的，因为在幼年受了伤，很难健壮起来。他们也许拉一辈子洋车，而一辈子连拉车也没有出过风头。"(226 页) 因此，老舍让祥子十八岁进城，"带着乡间小伙子的足壮与诚实"，正是要让祥子在这样一个年轻力壮、生命最鲜壮的时期成为一个漂亮的高等车夫：

> 他的身量与筋肉都发展到年岁前边去；二十来的岁，他已经很大很高……看着那高等的车夫，他计划着怎样杀进他的腰去，好更显出他的铁扇面似的胸，与直硬的背；扭头看看自己的肩，多么宽，多么威严！杀好了腰，再穿上肥腿的白裤，裤脚用鸡肠子带儿系住，露出那对"出号"的大脚！是的，他无疑的可以成为最出色的车夫；傻子似的他

自己笑了。

　　"身体"是一切人生意义、价值、尊严的开始，而祥子
也正是对于自己身体的自信与自爱才催生了蓬勃的奋斗志
向，最终也在身体的"玷污"与"毁弃"中走向精神的堕
落，"祥子的身体问题"在学界已经有了深入研究。[①] 就本
论题而言，"来自乡间"的首要意义也是"身体的"，其次才
是"性情的"。老舍多次刻意提及祥子的"乡下人特征"，比
如祥子"蹲下说话"的乡下人习惯、口齿没有城里人灵便、
不像城里人那样听风便是雨，等等，这些所谓的"乡下人特
征"在写法上有虚有实，其中关涉祥子品性的实写部分则是
明贬实褒，目的不是要揭示、调侃、打趣祥子的乡下人的特
征，而是转而要凸显祥子殊异于"群"的优良品性。祥子口
齿没有城里人那么灵便，是因为"他天生来的不愿意多说
话，所以也不愿学着城里人的贫嘴恶舌，他的事他知道，不
喜欢和别人讨论。因为嘴常闲着，所以他有工夫去思想，他
的眼睛仿佛是老看着自己的心。只要他的主意打定，他便随
着心中所开开的那条路儿走；假若走不通的话，他能一两天
不出一声，咬着牙，好似咬着自己的心！"（230 页）同样，
祥子不像城里人那样听风便是雨，是因为"他的身体使他相

---

　　① 张丽军：《"恋身""失身""洗身"与"毁身"——论祥子身体的
自恋与毁灭》，《民族文学研究》2008年第2期。

信，即使不幸赶到'点儿'上，他必定有办法，不至于吃很大的亏；他不是容易欺侮的，那么大的个子，那么宽的肩膀！"（236页）老舍实际是用"来自乡间"这层烟幕拉开了祥子和其他车夫的距离：他不吃烟、不喝酒、不赌不嫖，咬牙自苦，病了也硬挺着。祥子的不合群并不是因为他身为乡下人无法融入车夫世界，恰恰是因为他的优秀、好强而特立独行。由祥子身上体现出来的"沉默、老实、规矩、坚忍、纯洁、要强、聪明、体面、自信"等近乎完美的品性，与其说是"来自乡间"，不如说天生属于祥子个人，"乡下"只是一个虚指，因为"乡间"并不是这些品质的"天然"或者"必然"的生产基地。至于"祥子生在北方的乡间，最忌讳随便骂街"（269页）更和"城"还是"乡"的地域空间关系不大，而是属于一个人的文明修养问题。有研究者就指出祥子身上重伦理、尚淳朴、葆有创造型心态、愿以劳作开辟新生活等所真实体现的乃是"旗人青年"的特征[1]。所以，在祥子身上，几乎看不到启蒙意识形态关照下的"乡下人"的愚蠢、麻木、可笑，这里只有执着、自信和可敬。而这一切的美好与纯洁都不过都是为了一次一次地被摧毁、一点一点地被撕碎，最终耗散殆尽。"体面的，要强的，好梦想的，利己的，个人的，健壮的，伟大的，祥子"变成了一个"堕

---

[1] 关纪新：《满足伦理观念赋予老舍作品的精神烙印》，《中央民族大学学报》2007年5期。

落的，自私的，不幸的，社会病胎里的产儿，个人主义的末路鬼！"（463页）

《骆驼祥子》是老舍决议"作职业写家的第一炮"[①]，在这个开端，老舍一改以往"从不赶尽杀绝"的做法，几乎没有给骆驼祥子留一点儿希望和退路，而是制造了一个从身体到精神彻底毁灭的悲剧，一个由"人"变"兽"、从"人"到"鬼"的悲剧。老舍甚至不让祥子像他笔下诸多人物那样选择有气节的、干干净净的自杀以荡涤自己的羞辱、彻底摆脱命运的折磨，而是忍心就让祥子没有一点儿体面和尊严地活着，一点一点儿地烂下去。如果把"将人生的有价值的东西毁灭给人看"作为悲剧最简单而最有力的定义的话，骆驼祥子的悲剧正符合这样一个原则。从本质意义上讲，骆驼祥子正是一个奋斗失败、希望落空、善恶无报的悲剧。而只有当我们去除了阅读过程中自觉或者不自觉的意识形态化装置，既不把他当成一个"旧社会里"的阶级受害者从而引申出革命的议题，也不把他当成一个城市化进程中的乡村牺牲品，从而提请一种现代性反思时，骆驼祥子的悲剧才成为一个单纯而有力的悲剧———一个"好人被削成坏嘎嘎"的悲剧（老舍语），而这样的悲剧并没有"新与旧"的社会差异，也没有"传统与现代"的伦理差异、更没有"城市与乡村"的体制性差异，既不会因"旧社会的灭亡"而消失，也不会因为"城

---

① 老舍：《我怎样写〈骆驼祥子〉》，《老舍文集》十五卷，230页。

乡一体化"问题的解决而不再发生，这样的悲剧不仅仅只是一个过去时，也是一个现在时，还会是一个将来时。徐德明就撰文指出学界一直用"现实主义批判框架"分析《骆驼祥子》所必然产生的"时代性的傲慢与偏见"，而认为祥子的悲剧乃是一个"人类生命的寓言"："人格的堕落与价值的失落，就是祥子的心路历程与心灵逻辑。这个逻辑与'人类的努力的虚幻'的悲剧哲学吻合一致，成为一个生命寓言。寓言化的追求与现实生活阶层分析不是同一意义。"[①] 也正是在这样一个"人类生命寓言"的层面上，骆驼祥子的悲剧才具有了超越性的价值和力量，同时也有了令人恐惧与绝望的力量。

（原载《文艺争鸣》2011 年 15 期）

---

① 徐德明：《〈骆驼祥子〉和现实主义批判框架》，《中国现代文学研究丛刊》2007年第3期。

超越"启蒙伦理"与"乡间伦理"的对峙性叙事

"五四"思想启蒙作为中国历史现代性的又一次突围，曾经把"伦理的觉悟"设定为解决中国现实问题的症结所在。陈独秀断言："继今以往，国人所怀疑莫决者，当为伦理问题。此而不能觉悟，则前之所谓觉悟者，非彻底之觉悟，盖犹在倘恍迷离之境。吾敢断言曰：伦理的觉悟，为吾人最后觉悟之最后觉悟。"[①] 由这一启蒙导向所建构的是以民主、科学、自由、平等、独立、个性解放等西方现代文明为基本价值内涵的启蒙伦理，对于以儒家纲常礼教为核心的中国传统宗法制道德的大规模捣击，则成为启蒙伦理的反向建构之维，正所谓"忠孝节义，奴隶之道德也"。[②] 这一被后来研究者最常引用的论断虽然有断章取义之嫌，但却恰当地符合了"五四"启蒙时代的激情表述。"文学革命"作为"思想革命"的共生物，所创生的新文学可以看作五四启蒙伦理

---

① 陈独秀：《吾人最后之觉悟》，《青年杂志》1916年1卷6号。
② 陈独秀：《敬告青年》《青年杂志》，1915年1卷1号。

的叙事形式。文学与思想同构，在批判旧物的维度上凸显了新文学初创期的深度与力度。鲁迅作为启蒙文学的伟大实践者，以揭示中国传统宗法制道德统摄下的愚昧、麻木、冷漠的国民性与"五四"启蒙伦理达成了共振。随后的"乡土小说"也在这一国民性批判的思路上，把笔触伸向了传统宗法制统摄下的广大乡村，集中地展演了乡间伦理的原始残酷性：诸如依照传统乡俗、族规把"小偷"进行"沉水"的野蛮惩罚——"水葬"（蹇先艾《水葬》）；丈夫无视妻子的人格而把妻子当作生育工具典当给他人——"典妻"（许杰《赌徒吉顺》）；无知乡民为了蝇头小利以家族的名义所进行的残酷搏杀——"械斗"（许杰《惨雾》）……这些扎根于乡间的蛮野乡俗族规、风土人情，作为风俗化乃至半制度化的传统伦理形式，在启蒙伦理的透视下，折射出极其野蛮、愚昧与冷漠的一面，从中国文化的深处启示着"思想启蒙"的重要性。与这些启蒙文学对乡间伦理的批判不同，以废名和沈从文等为代表的作家则以文学叙事形式建构了与上述野蛮伦理截然不同的乡间美好伦理图式。从废名的《菱荡》《桃园》到沈从文的《萧萧》《边城》极力展现的是乡土间纯然的人性美、人情美和伦理风俗美。

面对同一种传统伦理道德造就出来的同一"前现代"乡土景观，新文学作家笔下呈现出了如此相反的叙事世界：批判型乡土文学所呈现的乡间是现代精神的沙漠与人性的荒原；礼赞型的乡土文学所构筑的乡间则又成了人性的圣殿和精神的家园。两种看似截然不同的伦理模式，从本质上却又属于同一种现代性构思——在现代社会如何建构合理的、理想的人性。只不过二者在文化价值取向上各有钟情：对乡间伦理的批判以现代启蒙价值观念批判传统封建道德，目的是剥离封建礼教对"人性"的戕害与禁锢；对乡间伦理的礼赞则是以未被文明侵蚀的清澈乡土作为理想人性的表征，抨击的是现代文明，尤其是"都市文明"对真纯人性的污染。就后者而言，实际又达成了对"现代性"的一种反思。批判性的启蒙伦理叙事和与之相对应的诗意乡间伦理叙事从文化价值取向上构成了一种逻辑上的往复式批判。但是无论是病态化的乡间，还是神性化的乡间，都已经不再是乡间的原生态存在，而是经过了现代知识分子现代伦理观念过滤、由各自的文学想象所重新建构的乡间，是现代知识者自身理念的叙事性表达。因此，二者都不可避免地对乡间伦理的某些方面进行概念化的提炼或理想化的提纯。

以现代文明批判乡间的愚昧、麻木和以乡野的淳朴、野性比照现代文明的扭曲与贫血，大体构成了一种"现代伦理"与"乡间伦理"的对峙性叙事模式。这两种近乎逆向的乡间伦理价值取向根源于各自不同的理想设定，现代启蒙伦理是以历史的进步作为自身的正义性依据的；基于现代性反思的神性乡间伦理叙事则以生命的原始清纯状态作为自身的理想皈依。但这种对峙并非表明了二者价值取向的完全悖逆，当把这种对峙置换为"城"与"乡"的对立时，这两种对立性的叙事模式又在情感与价值上找到了兼容与重叠。在这两类乡土叙事中，现代都市都是作为乡间伦理的侵害者出现的。尤其在沈从文的文学世界体现得最为鲜明，当那些具有乡村淳朴气质的妇人，"慢慢与乡村远离，慢慢学会了一些只有城市才需要的恶德，于是妇人就毁了。"（沈从文：《丈夫》）在以启蒙观念透视乡土的作家笔下，"都市"同样是"乡土"的损毁者，诚实勤恳的乡下女性——李妈，正是到上海当保姆的"现代谋生经历"使她学会了揩油偷懒，藏奸耍滑，成了一个十足的"老上海"。（鲁彦：《李妈》）可见，当传统的乡土中国不可避免地与现代都市文明发生碰撞的时候，中国作家都不自觉地流露出对"乡土中国"深深的眷恋与失落的悲哀。这种伦理道德上的城乡对峙成为很多新文学家的共通情愫，只不过由"怀乡病"綦重的沈从文做了一种更为极致的诗化表达。

　　同样在文学叙事中关注着世间的正邪善恶，老舍在小说《骆驼祥子》中所析出的道德伦理方式却有着与上述文学不尽相同的呈现方式。这里的"乡土道德"既不同于启蒙文学出于批判蒙昧所呈现的恶劣情状，也与沈从文出于理想的人性设计而对乡间所做的精神纯化拉开了距离。老舍的"城"与"乡"并未被程式化地置于一种善恶的两极，构成一种伦理的对峙状态，而是被放在一个更为广阔的、具有同质性的"乡土中国"的整体背景上进行了观照。由"祥子"（《骆驼祥子》）的命运遭遇和人格堕落所演示的也不再是从乡间到城市"必然"遭遇的人性沦落，而是以个体的"偶在"命运为表征的中国乡土伦理的普遍现实遭遇。

乡间伦理，既体现着正统典籍文化，又以乡俗化的民间方式出离于正统，形成一种习俗化的日常生活哲学。例如，乡下人的"仗义"就是上承典籍文化的"忠义"，下通江湖色彩的"义气"，又与天性的善良豪爽相融合，构成民间伦理的美好素质；再比如，体面与尊严相一体；自然生命的力与美和传统道德观念的愚昧相夹杂，等等，共同构成了一种良莠混杂的民间伦理样态。祥子正是这一乡间伦理的个体化表征，他仗义、体面又狭隘而无知，透着可爱与傻气，也焕发着动人的生气："他确乎有点象一棵树，坚壮，沉默，而又有生气。"（7页）①老舍在其文学叙事中所关注的虽然是北京的下层市民社会而非纯粹的乡下，但是二者并没有严格的差别，而是统一于一个还未完全被现代观念荡涤、洗刷的传统价值谱系。尤其在伦理观念上，"城"与"乡"都共同隶属于中国传统的乡土社会。祥子由乡间进入城市——北京，由一个"贫困农民"变成一个"城市贫民"，其间并没有经

---

① 本文所引用的《骆驼祥子》中的文字都出自《老舍文集》第三卷，人民文学出版社1995年版。

过任何心理的和生活的不适应。作为下层劳动者，乡土生活的日常哲学——"劳而有食"是继续有效的生存原则："用力拉车去挣口饭吃，是天下最有骨气的事。"（14 页）"拉车"与"种地"对祥子而言并没有本质的区别，甚至身份与职业的转换反倒构成了一种相辅相成的"互助"关系："拉车的方法，以他干过的那些推，拉，扛，挑的经验来领会，也不算十分难。"（8 页）而且，当祥子把一个农民对于土地的热爱与执着延伸到一个车夫对于车的挚爱之时，恰恰成全了祥子新的生活信念和理想追求："他的车能产生烙饼与一切吃食，它是块万能的田地，很驯顺的随着他走，一块活地，一块宝地。"（14 页）于是"车"成了他的生活信念乃至生存信仰。而正是在这一点上，使得祥子与"五四"启蒙伦理关照下的农民，那些愚昧、麻木、辛苦而卑微的阿 Q、祥林嫂、闰土等生命样态形成了一种对照。祥子，不再是辛苦恣睢而又麻木不仁的一群，而是有着对明确信念的执着追求："他从早到晚，由东到西，由南到北，象被人家抽着转的陀螺；他没有自己。可是在这种旋转之中，他的眼并没有花，心并没有乱，他老想着远远的一辆车，可以使他自由，独立，象自己的手脚的那么一辆车。"（5—6 页）"这是他的志愿，希望，甚至是宗教。"（41 页）由生活理想的设定以及实现理想的信心所构成的充满活力的生存状态，构成了老舍笔下乡间伦理最为本真的"善"。这种乡间伦理最为本色的"善"源于生存个体对于自然生命和力量的珍爱甚至崇拜："他的铁扇面似的胸，与直硬的背；扭头看看自己的肩，多么宽，那么威严！杀好了腰，再穿上肥腿的白裤，裤脚用鸡肠子带儿系住，露出那对'出号'的大脚！是的，他无疑的可以成为最出色的车夫；傻子似的他自己笑了。"（7页）强健的身体尽管是天生的，但却构成"乡下人"祥子后天奋斗的唯一资本和信心："他必能自己打上一辆车，顶漂亮的车！看着自己的青年的肌肉，他以为这只是时间的问题，这是必能达到的一个志愿与目的，绝不是梦想！"（6—7页）同时，善与美的精神境界也源自这种自然生命的强健，二者构成了一种因果关系，祥子由对自己身体与力量的信赖而达成对于生活的信心与生存的尊严："他爱自己的脸正如同他爱自己的身体，都那么结实硬棒；他把脸仿佛算在四肢之内，只要硬棒就好。是的，到城里以后，他还能头朝下，倒着立半天。这样立着，他觉得，他就很象一棵树，上下没有一个地方不挺脱的。"（7页）"他的身量，力气，一向使他自尊自傲。"（28页）祥子既体现了源自乡土的自然力与美，也表征着乡间伦理中最朴素的善。

"理想与信念"作为人积极生存的精神前提并不会因为目标的大小而产生高下之分，或者说理想的设定必然与每一个生存个体的生活境域相关，但是作为生存的信念，对每一个生命所产生的是同质性的、"高贵"的精神向度。对于祥子而言，"他想不到做官，发财，置买产业；他的能力只能拉车，他的最可靠的希望是买车；非买上车不能对得起自己。"（41 页）祥子的理想尽管只是拥有一辆属于自己的车，但是由此产生的昂扬的人生追求以及在这一实现过程中表现出来的奋斗的雄心，并不比《子夜》（茅盾）中吴荪甫实现他的"现代工业王国"的梦想来得差。正在这一点上，祥子同样有资格被老舍称为"巨人"："有时候起了狂风，把他打得出不来气，可是他低着头，咬着牙，向前钻，象一条浮着逆水的大鱼；风越大，他的抵抗也越大，似乎是和狂风决一死战。……没有任何东西能阻止住这个巨人。"（74 页）同时，信仰、自信必然连带生成抵御"恶"与"诱惑"的能力与自觉："他不吃烟，不喝酒，不赌钱，没有任何嗜好。"（9 页）"在茶馆里，象他那么体面的车夫，在飞跑过一气以后，讲究喝十个子儿一包的茶叶，加上两包白糖，为是补气散火。当他跑得顺'耳唇'往下滴汗，胸口觉得有点火辣，他真想也这么办；这绝对不是习气，作派，而是真需要这么两碗茶压一压。只是想到了，他还是喝那一个子儿一包的碎末……他狠了心。买上车再说！有了车就足以抵得一切。"（42 页）这种苦行僧似的生活方式无疑源自信仰的力量与奋斗的雄心。这种奋斗的毅力甚至适度改写了乡间伦理中"自私与狭隘"的劣质因素。第一辆车的丧失带给祥子的是对于"车"更为深度的诱惑和渴望："从前，他不肯抢别人的买卖，特别是对于那些老弱残兵；以他的身体，以他的车，去和他们争座儿，还能有他们的份儿？现在，他不大管这个了，他只看见钱，多一个是一个，不管买卖的苦甜，不管是和谁抢生意；他只管拉上买卖，不管别的，像一只饿疯的野兽。"祥子毫不客气地"抄"买卖，被大家嘲骂，固然显示了一种小农生产者的自私行为，但是这种自私却又是信仰与奋斗的共生物："有许多次，他抢上买卖就跑，背后跟着一片骂声。他不回口，低着头飞跑，心里说：'我要不是为买车，决不能这么不要脸！'"（42页）"可是这样的不要脸正是因为自己要强，想买上车，他可以原谅自己。"（66页）面对这样一个拼命与命运奋斗的向上的生命状态，这些行为上的瑕疵不仅未对其道德世界构成贬损，甚至成为这种向善的生命样态的积极注脚。诚然，这并不能代表祥子道德的全部，在此期间，祥子依旧慷慨地救助饥寒交迫的老马祖孙俩；并在摔了曹先生之后下定决心辞事，让工钱；祥子最后甚至冒着生命危险掩护曹先生并去曹宅送信并由此葬送了他的"第二辆车"，都是出自他本性的善良与仗义："责任，脸面，在这时似乎比命还重要。"（65页）

乡间伦理既有天然的素朴与善良，也不可避免地带有正统文化的习传性，进而透射出中国典籍礼教的一些负面影响。"自然生命"与"道德文化"在乡间伦理中并非泾渭分明，而是浑然一体的。对于自然生命与体力的热爱与自信固然展现着生命本真的善，但是同样出于对体力的爱惜又产生了愚昧和迷信，尤其体现为对于性的禁忌，并进一步引申为对于女性的轻视乃至贱视，从而透视出封建正统典籍尤其是儒家文化观念的潜在影响。祥子要为自己和第一辆车庆"双寿"的方式是："头一个买卖必须拉个穿得体面的人，绝对不能是个女的。"（11页）女人的"不祥"是封建道德中"红颜祸水"的民间样态。因此，虎妞的老、丑、不要脸，并没有对祥子构成严重的威胁，最使祥子恐惧的是婚后虎妞过多的性需求会使他丧失体力与精力，从而丧失作为一个优秀车夫的全部奋斗资本："他晓得一个卖力气的汉子应当怎样保护身体，身体是一切。""他觉出点以前未曾有过的毛病，腿肚子发紧，胯骨轴儿发酸。他晓得自己的病源在哪里。"（143—144页）祥子认定："他的身体是不象从前那么结实了，虎妞应负着大部分的责任。"（190页）几乎所有的车夫都有着相同的观念："干咱们这行儿的，别成家，真的！……一成家，黑天白日全不闲着，玩完！瞧瞧我的腰，整的，没有一点活软气！……成天啃窝窝头，两气夹攻，多么棒的小伙子也得爬下！"由此，祥子更觉得"家里的不是个老婆，而是个吸人血的妖精。"（145—146页）对于"女人"与"性"的无知禁忌正是一种乡间愚昧理念与中国传统伦理观念相交织的综合体现。而在老舍的评判中，显然对这些乡间观念的认同多于批判，甚至以此作为祥子和所有车夫悲剧命运的共同因素之一。

健美如树的祥子和存活于这一生命中同样素朴美好的乡间伦理，在与现实社会的撞击中经历了一个令人痛惜的损毁过程。显然，这个毁弃过程并非是现代文学叙事中通常出现的城乡善恶的两极对峙模式，相反，祥子对于都市——北京，却表现出了一种真挚的热爱与依恋："没有父母兄弟，没有本家亲戚，他的唯一的朋友是这座古城。这座古城给了他一切，就是在这里饿着也比乡下可爱。"（34 页）显然，老舍把自己对北京的爱投射到了祥子身上。祥子的堕落过程——由对素朴伦理的持守到怀疑到丢弃，并不能归结为现代文明都市的罪恶，而完全是源自现实的打击以及对于现实命运的屈从："他顾体面，要强，忠实、义气，都没有一点用处，因为有条'狗'命！"（116 页）道德信念与现实经验的分裂在祥子的人生世界形成致命性的打击，以至于使他对自身的基本道德操守发生了彻底的怀疑。

"信念"，或者更高一层的叫"信仰"，是一个人活下去的理由，曾经把买车当成信仰的祥子正是被现实一点点蚕食了信仰，并在信仰丧失的同时逐渐丧失了自己的道德伦理持守。车的一次次丧失，不再是简单的劳动工具的丢失，而是一次次现实对信仰的冲击和由此相伴生的道德境界的一次次滑坡。当祥子完全丧失了自己曾经为之奋斗的信仰的同时也被掏空了精神；"对于车，他不再那么爱惜了。""心中完全是块空白，不再想什么，不再希望什么，只为肚子才出来受罪，肚子饱了就去睡。"（215页）没有了信念，活着也就不再称其为活着，只是自然肉体的消磨，人也就不能称其为人，而成了行尸走肉："祥子还在那文化之城，可是变成了走兽。……他吃，他喝，他嫖，他赌，他懒，他狡猾，因为他没了心，他的心被人家摘了去。他只剩下那个高大的肉架子，等着溃烂，预备着到乱死岗子去。（215页）"信仰的弃绝也使祥子最终"完全入了辙"。既入了车夫的辙，也入了现实社会的辙。"一般车夫所认为对的，他现在也看着对；自己的努力与克己既然失败，大家的行为一定是有道理的，他非作个'车夫'不可，不管自己愿意不愿意。"（192页）祥子曾经在糊里糊涂地落入虎妞的圈套之后，产生过深刻的道德自责："她把他由乡间带来的那点儿清凉劲儿毁尽了，他现在成了个偷娘们的人！"（54页）而今"入了辙"的祥子，却主动地接受了暗娼夏太太的引诱并由此染上了脏病，但是和其他车夫一样，祥子再也没有产生羞耻之感。如果说当初祥子冒着生命危险保护曹先生一家，使他的素朴的善良品性到达一个升华的临界点，那么后来，为了得到钱和享乐而出卖了"革命者"阮明。"出卖谁"是次要的问题，而"出卖"这一行为本身是最为道德所不齿的"恶德"。祥子也因为"出卖"而滑到了伦理道德境界的最低点。由诚信到谎言，由善良到"掏坏"，由义气到出卖，祥子的行为正是表现为对乡间伦理的弃绝与背叛。祥子由一个体面的、要强的、好梦想的、利己的、个人的、健壮的、伟大的车夫最终沦落为堕落的、自私的、不幸的、社会病胎里的产儿，个人主义的末路鬼。基于对这些贫苦市民苦难命运的深切同情，老舍认为："苦人的懒是努力而落了空的自然结果，苦人的耍刺儿含着一些公理。"（197页）"愚蠢与残忍是这里的一些现象；所以愚蠢，所以残忍，却另有原因。"（180页）正是病态的社会使最初的善被扭曲，并导致了恶的不断滋生。

老舍是一个道德感很强的文学家，他曾为艺术家的良知定位："社会的正义何在？人生的价值何在？艺术家不但是不比别人少一些关切，而是永远站在人类最前面的。"但是，评估个人的伦理优劣乃至依据善恶做出道德归罪并非老舍艺术创作的本意，老舍始终坚持，"凡是好的文艺作品必须有美，而不一定有道德的目的。就是那不道德的作品，假如真美，也还不失为文艺的；而且这道德与不道德的判定不是绝对的，有许多一时被禁的文学书后来成了公认的杰作——美的价值是比道德的价值更久远的。"① 因此，尽管在《骆驼祥子》中，道德的评判并不缺乏，但是老舍并没有把祥子作为自己伦理观念的体现者和展演者，而始终是以之作为一个承载着乡间伦理的善良与淳朴、仁义与狭隘的自然健康的生命形式。美的呈现和他最终被摧毁才是《骆驼祥子》的主旨所

---

① 老舍：《文学概论讲义》，《老舍文集》第十五卷，58页、46页。

归。祥子的堕落不仅是健美自然的身体被玷污被损毁，也伴随着诚实、善良、坚忍等美好的乡间伦理的被磨蚀，这一切共同构成了美的生命、美的精神的沦丧。

[原载论文集《文学伦理学批评：文学研究方法新探讨》（华中师范大学出版社 2006 年 8 月版）]

《断魂枪》：东方民族的寓言

西方马克思主义学者詹明信（Fredric Jameson）在论及跨国资本主义时代的第三世界文学时认为，"第三世界的文本，甚至那些看起来好像是关于个人和利比多趋力的文本，总是以民族寓言的形式来投射一种政治：关于个人命运的故事包含着第三世界的大众文化和社会受到冲击的寓言。"[①] 这一洞见恰好照亮了老舍的小说《断魂枪》的深层寓意。

《断魂枪》的表层文本叙述的是一位武林镖师江湖生涯的终结，潜在文本则是哀悼一种古老而神秘的生存方式的消逝。"沙子龙的镖局已改成客栈。"文本开头看似一个客观事实的简单陈述，其背后却暗含着一种悲怆的人生际遇，无情的时代更迭使得陷落于这冰冷的时间进程中的"人"，正经历着一种无可逃脱的悲剧性生命体验。镖师沙子龙江湖生涯的终结，并非是出于个人意愿的主动选择，其背后所隐含的

---

① 詹明信：《晚期资本主义的文化逻辑》，三联书店，牛津大学出版社1997年版，523页。

是一个更为深广的民族命运的巨变。带有殖民色彩的"现代化"就像一条疯狗，在吠醒了沉睡的东方睡狮之后，又驱赶着这只赢弱的庞然大物加入到由进化论的意识形态所编织的世界性发展秩序当中，并以命定的落后者的身份成为西方现代列强剥夺与征服的对象。古老的东方民族在"现代"的逼迫下剥落着自身"落后"的外壳，也丧失了属于自己的神秘与尊严：

> 东方的大梦没法子不醒了。炮声压下去马来与印度野林中的虎啸。半醒的人们，揉着眼，祷告着祖先与神灵；不大会儿，失去了国土，自由与主权。门外立着不同面色的人，枪口还热着。他们的长矛毒弩，花蛇斑彩的厚盾，都有什么用呢；连祖先与祖先所信的神明全不灵了啊！龙旗的中国也不再神秘，有了火车呀，穿坟过墓破坏着风水。枣红色多穗的镖旗，绿鲨皮鞘的钢刀，响着串铃的口马，江湖上的智慧与黑话，义气与声名，连沙子龙，他的武艺、事业，都梦似的变成昨夜的。今天是火车、快枪，通商和恐怖。听说，有人还要杀下皇帝的头呢！①

---

① 老舍：《断魂枪》，《老舍文集》第八卷，331页。

　　小说《断魂枪》一开始就设置了一个看似与文本中的小人物们毫不相关的世界性背景。这，正是老舍的深层用意，包括"中国"在内的整个东方世界都已经无可逃脱地被卷进一个带有殖民色彩的全球化秩序当中，小到一粒微尘般的人物沙子龙也无可逃脱这一均质化的法则。在这里，"东方"与其背后所隐藏的潜文本"西方"，绝非一个纯粹的地理学的概念，而是一个暗含着强烈的殖民意识形态的语汇。"东方"在西方殖民谱系中，不仅代表着浪漫的异国情调和古老的文明源头，更是西方最大的、最富有的殖民对象。作为这一"现代化"的后果，是"东方"那种由来已久的、自在而神秘的生存方式被打破："马来与印度野林中的虎啸、长矛毒弩、花蛇斑彩的厚盾……"这曾经为东方民族所创造、所拥有的天然生活，被殖民者的大炮轰毁殆尽；象征着西方现代文明的"火车"与"快枪"——这种带有鲜明的男性性征色彩的西方文明正以强暴的方式进入"东方"的大地，使龙旗的中国顿时失去了"处子"般的神秘与静谧。"恐怖"成为"现代"的同义语，而伴随着这一恐怖时代的到来，生活于中国底层民间社会的江湖侠客们，他们那充满了传奇色彩、凝聚了人们无限想象与期待的生活方式也被迫终结。现代化的新式武器使古老的大刀长矛顿失效力，"江湖上的智慧和黑话，义气与声名"为通商和恐怖所代替。作为人类文明巨变的一个微小而切近的后果则是"沙子龙的镖局改成客栈"，连同他的武艺、事业，"都梦似的变成昨夜的"。《断魂枪》虽然讲述的是一个微不足道的江湖镖师个人命运的变迁，但其背后所隐喻的却正是中华民族的命运，构成了遭受西方现代化冲击的整个东方民族的寓言。

如果说普通庸众只是懵懵懂懂地随着时间之流而进入了现代，那么，以"武艺"这种前现代的生存方式建立了名誉与尊严的江湖侠客，所经历的则是一种断裂式的生命体验。无情的现代狂风所卷走的不仅仅是其赖以谋生的方式（走镖已没有饭吃），更使其失去了一种生命的依托。沙子龙靠"五虎断魂枪"增光显赫的日子一去不复返了。"现代生活"如一个"无物之阵"，谁都无可逃脱。

《断魂枪》以"现代"为背景，围绕着已成旧梦的"江湖和武艺"设置了三个人物：一个是神枪沙子龙——曾经赫赫有名的武林高手；一个是孙老者——继续行走于江湖的武林中人；再一个是沙子龙的徒弟王三胜——靠庙会卖艺混饭吃的现代青年。这三个人物以对"江湖武艺"的不同心态投射出现代生活的光与影。沙子龙是一个被现代的快枪、快炮惊醒，被迫顺应时代的武林镖师，由一个带有传奇色彩的江湖英雄退化成一个油滑庸俗、与世无争的客栈老板，只能把失落的江湖梦压抑于心底；孙老者则是一个在现代生活中依旧执迷地做着江湖梦的武林追梦人。如果说沙子龙和孙老者都还做着自己的梦，无论是残梦和迷梦，但是毕竟都通向过去那种表征着光荣与尊严的生活方式。而生活在现代，只能靠耍枪弄棒混饭吃的王三胜，则使这种神秘而高尚的江湖生活蜕变成了一种街头杂耍，这就是"现代"的吊诡，也是"现代"对传统的"戏弄"。如果说"武艺"与"尊严"彼此依托构成江湖侠客的基本生存方式，那么"武艺"的失效必然指向深层"尊严"的丧失。由此，也可以理解为什么沙子龙宁愿忍受旁人和徒弟们的蔑视与嘲弄，宁愿自己被遗忘，也要坚守神枪"不传"的信条，因为这是他能够在无情的现代面前为逝去的光荣保持最后一点儿尊严的唯一方式。每到夜深人静的时候，沙子龙闭门重新操练他的五虎断魂枪，回想当年野店荒林的威风，变成了一种庄严而悲凉的祭奠。沙子龙摸着冰凉的枪身，望着天上的群星，所体会到的凄凉心境，正可以看作是对于一个永远逝去的时代的哀悼，这也是老舍对于这种古老而光荣的传统生活方式的无限惋惜。

作为一个出身于底层市民阶层并为市民文化所浸染的作家，老舍曾经梦想着能有一个黄天霸式的英雄豪杰成为穷人的救星。在老舍的早期创作中，由那些充满了豪侠精神的人所施行的拯救行为一直都是一个重要的解决性力量，诸如《老张的哲学》中的赵四、《赵子曰》中的李景纯、《离婚》中的丁二爷、《牛天赐传》中的王宝斋、四虎子……都是在关键时刻挺身而出，救苦难于水火的侠义人物。由这些侠义人物的出现给小说带来的"善有善报"的"准大团圆结局"

（尽管好人都得到了救助，但是坏人却没有得到相应的惩罚），使老舍的早期小说始终氤氲着一种温暖的色彩，当然，整个叙事也因这种善良构思而冲淡了直面现实的深度和批判的力度。而以《断魂枪》为转捩点，上述叙事模式得到扭转。《断魂枪》为一个真正的武林高手结束了江湖梦的同时，也埋葬了老舍自己心中的一段"侠客梦"，并由这一心理的转换直接影响到了此后的文学构思。在一个大刀长矛、武艺尊严都失效的现代社会，真正的"侠客"只能以"隐忍"的世俗面目生存于世。"侠客"在现代的强光下失去了崇高与神秘的光环，更失去了人们幻想中的拯救意义。因此，尽管《断魂枪》中的所谓武林高手沙子龙并没有做出任何"行侠仗义"的英雄之举，反而成了一味忍让和退却的"胆小鬼"，恰恰暗示了"侠客"的时代已成过去，"侠义"的行为已经失效，"现代"是一个"资本"的社会，唯利是图、弱肉强食是它的座右铭，穷人的苦难命运没有办法靠一两个侠义英雄得到彻底拯救，黄天霸只能是穷人的一个梦而已。

《断魂枪》以一个真正"侠客"的悲凉命运象征性地完结了老舍的"黄天霸情结"，也改变了老舍以侠义人物的出现作为问题解决方式所带来的叙事的痛快和天真。老舍开始以一种直面现实的心态看待穷苦市民的苦难人生。"侠义"不再作为具有拯救效力的行为出现，而是内化为穷苦市民身上的一种善良品性——仗义，并由这种善良品性的被践踏、被碾压而构成一种悲剧叙事。从这个意义上讲，《断魂枪》为一种简单而带有喜剧色彩的"拯救叙事"做了一个了结，同时开启了老舍小说更为深刻的悲剧叙事，《骆驼祥子》成为一个标志。祥子的悲剧意义并不在于一个挣扎于社会底层的车夫所遭遇的生活打击，而是一种要强、自尊、仗义的善良品性的被践踏。生活的挫败所导致的是对"善良"的追问和否定："他顾体面，要强，忠实、义气；都没有一点用处，因为有条'狗'命！"①同样，善良、仗义了一辈子的老车夫——老马对于"仗义与善良"的"感悟"更成为车夫们普遍悲剧命运的有力注脚："心眼好？有什么用呢！善有善报，恶有恶报，并没有这么八宗事！我当年轻的时候，真叫热心肠儿，拿别人的事当自己的作。有用没有？没有！我还救过人命呢，跳河的，上吊的，我都救过，有报应没有？没有！……我的心眼倒好呢，连个小孙子都守不住。他病了，我没钱给他买好药，眼看着他死在我的怀里！"②穷人的"仗义"与"善良"不但没有换取预期的幸福生活，反而成了遭恶社会欺负的一个理由。这正是构成老舍悲剧叙事的尖锐性所在。

（原载《名作欣赏》2007 年 9 期）

---

① 老舍：《骆驼祥子》，《老舍文集》第三卷，116页。
② 老舍：《骆驼祥子》，《老舍文集》第三卷，211—212页。

传统品格的坚守与重塑：老舍小说中的女性观

老舍在现代文化的冲击下完成了自身文化性格的裂变，站在了具有现代思想意识和思维方式的知识分子之列，但传统的古老的情感道德规范已形成一种文化积淀渗透到现代文化人的潜意识中去，使他在理智上倾向未来，而情感上留恋过去，力图从传统文明中寻出人情、人性美来补救现代文明的危机。

老舍小说的女性观无疑也是涵盖了上述特征的，显示出老舍之为老舍的矛盾性和复杂性。

一、对封建伦理习俗的批判：一个启蒙主义者的清醒意识

同许多关注中国妇女命运的现代文化人一样，老舍首先把批判的矛头指向封建礼教对妇女造成的重重压迫，显示出一个启蒙主义者的清醒意识。老舍无疑是忠实地继承了"五四"的思想启蒙传统，早在正式开始文学创作之前，

老舍就申述过这样的心愿："为了民主政治，为了国民的共同福利，我们每个人须负起两个十字架——耶稣只负起一个：为破坏、铲除旧的恶习，积弊，与象大烟瘾那样有毒的文化，我们必须预备牺牲，负起一架十字架。同时，因为创造新的社会与文化，我们也须准备牺牲，再负起一架十字架。"①这大烟瘾一样的文化便是老舍所揭示的积淀于市民心中的传统文化积习，在半殖民地半封建社会不断深化过程中更显示出一种狰狞的面目。中国的文化并不是在正常的、自发的进程中与西方文化交融并走向世界的，而是在被动的、屈辱的、被侵害的境遇下进入一个东西方文化的交融时代，因而世界文化浪潮的冲击所产生的就不仅是正面的作用力，而且也使中国文化在封建底色上又染上了西方"文明"的阴晦色调。代表"正统的18世纪"的中国文化的"老张"（《老张的哲学》），实际上是在铜臭气中将封建毒物与西洋恶秽混在一起。代表"20世纪西洋文明"的蓝小山，在洋场恶少的气派中又多少带着中国传统的纨绔子弟的浅薄。"老张与蓝小山的哲学不同，所以他们对于女子的态度也不同。老张买女子和买估衣一样，又要货好又要便宜；穿着不合适可以再卖出去。小山是除自己祖母以外，是女人就可以下手，如其有机可乘！从讲爱情上说，并不是祖母有什么一定

---

① 老舍：《双十》，《老舍文集》第十四卷，人民文学出版社1995年版，265页。

的难处，实在因为她年老了！谄媚她们，把小便宜给她们，她们是三说两说就落在你的陷阱。玩耍腻了一个，再去谄媚别个，把小便宜给别人，于是你得新弃旧，新的向你笑，旧的向你哭，反正她们的哭笑是自作自受！"[1]在"老张"那里，女子最多不过是"折债的东西"，老张的妻子就是当作折债品折给老张的，老张可以任意把她打死。李静、龙凤同样可以被当作折债的东西折给老张和孙八做妾。时代已经进入民国，而妇女仍和几千年前一样，处于奴隶的地位。代表西洋文明的蓝小山、小赵（《离婚》）、胖校长的侄子（《月牙儿》）正是畸形文化孕育出的一批恶少流氓。他们经过欧风美雨的刺激，剥下了道学家虚伪的外衣，而体现为赤裸裸的兽性人格，对女性以欺骗性的玩弄代替了封建性的占有。"西方文明"包裹下的悲剧更给女性带来了巨大的伤害。在此，老舍已触及一个尖锐的问题：妇女与"人"的关系，也即妇女是否作为"人"而存在。

"五四"时期的周作人曾经系统地探讨过这一问题。周作人在论文学兼及妇女问题时，认为西方之所以有人的文学，是因为"人"的发现："据人家传闻，西洋在十六世纪发见了人，十八世纪发见了妇女，十九世纪发见了儿童，于

---

[1] 老舍：《老张的哲学》，《老舍文集》第一卷，144页。

是人类的自觉逐渐有了眉目。"① 又说:"古来女人的位置,不过是男子的器具与奴隶。中古时代,教会里还曾讨论女子有无灵魂,算不算得一个人呢……中国讲到这类问题,却须从头做起,人的问题,从来未经解决,女人小儿更不必说了。"② 相对于周作人关于欧洲妇女的发现,鲁迅更从中国古代文化出发阐述了这个问题:"天有十日,人有十等。下所以事上,上所以共神也。故王臣公,公臣大夫,大夫臣士,士臣皂,皂臣舆,舆臣隶,隶臣僚,僚臣仆,仆臣台。但是'台'没有臣,不是太苦了么?无须担心的,有比他更卑的妻,更弱的子在。"③ 一句话,道出了中国女性的心酸血泪史,她们并不被列在人的等级,从未争到过做人的资格。老舍用鲜明的艺术形象同样证实着这一命题,她们或者被卖给富人做妾,或者卖给穷人做老婆,而最残酷的是从古至今的娼妓制度,更使无辜的女性赤裸裸地成为众多男人共同消费的商品。代表 18 世纪传统的"教育家"老张,"道德家"包善卿(《且说屋里》),"孝子"廉伯(《新时代的旧悲剧》),所延续的正是几千年传下的旧道德。在他们的观念中,嫖妓、纳妾是理所当然的,是一种娱乐,甚至是一种需要:"武官做到

① 周作人:《苦茶随笔·长之文学论文集跋》,上海北新书局1935年版,76页。
② 周作人:《人的文学》,《新青年》1918年5卷6号。
③ 鲁迅:《坟·灯下漫笔二》,《鲁迅全集》第一卷,人民文学出版社2005年版,227页。

营长不娶小，他的上司们能和他往来不能？文官做到知事不娶小，有人提拔他没有？"① 在他们看来，嫖妓、纳妾是大丈夫堂堂正正的举动，自由恋爱则是一种"猪狗行为"，"为维持风化起见，不能不反对自由恋爱，同时不能不赞助有志嫖妓纳妾的。"② 在这古老恶德盛行的年代，女子的命运就可想而知了。周作人曾一针见血地指出："有产阶级道德的精义有两点，即男子中心与金钱万能，所以妇女在他们眼中乃是货物，以其可货也，故或珍重之，因有为我所专有之可能，但抑或贱视之，则因又可以为人所共有也。"③ 而无数的女性就在这从有文明以来一直排到现在的大小无数的人肉筵宴中，被凶残地吃掉。老舍笔下的不幸女性中有三分之一为妓女，老舍正是用人类社会中最大的污点证实着这"文明"包含有人身的买卖与性的买卖，揭示着这社会的丑陋。

妇女解放运动虽然经历了戊戌变法和辛亥革命，但直到"五四"时期，妇女的状况并没无实质性变化，正如老舍所感受到的："男女平等的口号喊了几十年，可是妇女并没有得到平等。"④ 之所以出现这样这种情况，客观上是由于封建主义和帝国主义势力的强大，而革命力量相对薄弱，不足

---

① 老舍：《老张的哲学》，《老舍文集》第一卷，69页。
② 老舍：《赵子曰》，《老舍文集》第一卷，292页。
③ 周作人：《随感录·穿裙与不穿裙》，《语丝》1927年 年142期。
④ 老舍：《值得歌颂的事》，《老舍生活与创作自述》，人民文学出版社1982年版。

以彻底推翻反动势力的压迫；主观上则由于广大的人民群众缺乏一种深入彻底的启蒙，仍处于一种蒙昧状态。当老舍开始创作时，中国文坛上正酝酿着从文学革命到革命文学的转换，当他艺术走向成熟时，无产阶级革命文学已经成为汹涌的潮流。在激烈的阶级政治斗争中，人们忽略了启蒙，甚至有一些人抛弃了启蒙，钱杏邨即大声宣告"阿Q时代"已经"死去了"。诚然，妇女真正彻底的解放只有在推翻了剥削制度的前提下才能实现，但同时，我们也应清楚地看到，革命要靠人来进行，如果人们始终处于蒙昧状态，革命也就无从发生。真正的妇女解放，既取决于社会制度的改革，也取决于妇女自身的觉醒。自然，远离革命的老舍并无意从这一层考虑到启蒙对于革命的直接功利目的，而是从一种人道主义出发，形成一种自觉的文化启蒙，然而这种自觉的追求恰恰是与"共同事业"殊途同归的。

提高女子人格，促成她们的觉醒，教育是关键。女子的教育问题是妇女解放倡导者历来关心的问题。蔡元培首先在大学开了女禁，支持妇女接受新思想的教育。老舍也正是期望通过教育来开启民智、重塑民性的。联系到妇女在中国受教育情况，老舍曾在《妇女与文艺》中对男女教育的不平等现象表示愤慨，并积极地肯定女子的才能并不弱于男子，鼓励妇女改变专门注意细琐事物的习惯，关心世界与国家大事，接受现代科学教育。但是，老舍又清醒地意识到接受了教育的一些女性市民在强大的封建礼教的压迫下纷纷败北。李静、龙凤，以及《离婚》中的职员太太们，这些女性都受到过相当高的教育，在"知识，情感乃至思想上的蒙蔽和束缚，已经不象从前那样厉害，比较容易有一个觉醒或半觉醒的灵魂来感知她们所接触到的社会的一切。但另一方面，封建势力还残存着，封建时代的文化思想——道德观、伦理观还或多或少地盘踞在她们的脑子里。"① 因此，她们依旧没有摆脱附属品甚至奴隶的地位。同时，老舍更沉痛地看到，广大下层女性市民根本没有接受教育的机会，只有听任别人摆布。她们所接受的是一种耳濡目染的风习教育。在目睹李静与老张举行婚礼的看客中，老太婆——小媳妇——小女孩儿，构成了一个奇妙的组合，传统文化的心态以及伦理道德规范正由这种母女相传、代代相习的方式保存下来的，在妇女中形成了一种牢固的观念。而正是这种口耳相传的风习更显示出它的隐蔽性和毒害性。鲁迅深感"风俗"与"习惯"的力量和改革之难，"但倘不将这些改革，则这革命即等于无成，如沙上建塔，顷刻倒坏。"进而号召人们"深入民众的大层中，于他们的风俗习惯，加以研究，解剖。"② 老舍正是从这些深植于市民血脉中的风习出发，达到了对国民性的深刻解剖，显示出一个启蒙主义者的清醒意识和独特价值。

① 聂绀弩：《蛇与塔》，三联书店1986年版，103页。
② 鲁迅：《二心集·习惯与改革》，《鲁迅全集》第四卷，229页。

二、对西方文明的冷静谛视：
一个现代中国文化人的矛盾心理

毋庸置疑，是"五四"给了老舍"一双新的眼睛"，"一个新的心灵"，使老舍成为一个现代文化人，新文化思想中关于个性解放、婚姻自由，男女平等的观念无疑也浸润着老舍的思想。以"五四"为高潮的妇女解放运动也正是以个性解放作为最有力的武器，把长期被剥夺的"人"的权利重新还给了女性。"我是我自己的，他们谁也没有干涉我的权利！"《伤逝》中子君的呼声震撼了封建礼教的大厦。"五四"以来的文学作品纷纷展示了女性的这种觉醒和抗争，留下了女性们要求个性解放的真切的呼声。但随着子君的死去，莎菲（丁玲《莎菲女士的日记》）的绝望，章静（茅盾《幻灭》）的幻灭……有声有色的局面便很快冷清下来，成为氛围凄凉的古战场。女性们陷入了"梦醒了无路可走"的迷惘。觉醒者的悲剧引起了人们沉重的反思。人们看到，在中国，"个性解放带来的苦闷与彷徨是更多于喜悦"，"超出常规的历史运动带来进步的同时也带来了巨大的失误"[1]。新思潮所带来的偏颇在老舍这里更得以强化。老舍认为，"真正的幸福是出自健美的文化——要从新的整部的设建起来；不

---

[1] 黄子平：《〈论"二十世纪中国文学"〉序》。

是多接几个吻，叫几声'达儿灵'就能成的。"①《猫城记》中的时髦女性把妇女解放问题可笑地理解为穿高跟鞋和多往脸上搽粉。诸多的所谓"新女性"并没有真正掌握个性解放的要义。通过自由恋爱与丈夫结合的"小磁人"（《月牙儿》）被丈夫抛弃后坚守着从一而终的信条。王女士、谭女士（《赵子曰》）无一不是冲破封建家庭的束缚争取婚姻自由的新女性，然而她们无一成功，依旧重复着"堕落"或者"回来"的生命程式。同时，老舍更用《月牙儿》女主人公的悲剧尖锐地指出，在大多数穷人连基本的生存权利都没有，处于饥饿状态的时候，爱情至上，婚姻自由，不过是美好的梦想。因此，女儿的新思想也不得不向母亲的"肚子饿"这一带有全部原始残酷性的生活真理靠拢。诚然，从挣扎在饥饿线上的城市贫民的立场出发，老舍的这一认识有着一定的合理性。但看不到个性解放对于反封建的强大作用力和对于女性解放的正面效应而拒绝个性解放，也显示出老舍思想的局限。

作为中国现代文化人，他们建构现代化人格的契机和价值尺度最初来自西方文化。胡适在比较了中西女性的不同之后，提出了一种"超于贤妻良母"的人生观："这种'超于贤妻良母'的人生观，换言之，便是'自立'的观念。我并不是说美国的妇人个个都不屑做贤妻良母"，但是"美国

---

① 老舍：《离婚》，《老舍文集》第二卷，273页。

的妇女，无论在何等境遇，无论做何等事业，无论已嫁未嫁，大概都有一个'自立'的心。"同时，胡适寄希望于中国女性："我们中国的姊妹们若能把这种'自立'的精神来补助我们的'倚赖'性质，若能把那种'超于贤妻良母人生观'来补助我们的'良母贤妻'观念，定可使中国女界有一点'新鲜空气'。"① 老舍所激赏的也是英国女子的这种"独立精神"："自然，这种独立的精神是由资本主义的社会制度逼出来的，可是，我到底不能不佩服她。"② 老舍在比较中英两国国民性的小说《二马》中，也着意刻画了英国女性的独立精神。无论是年迈的母亲温都太太，还是朝气蓬勃的女儿，无论是保守肤浅的马丽，还是向往自由和平、具有现代观念的凯瑟琳，她们都有着强烈的个体意识，而绝少对男性的依附。以西方女性为参照系，更烛照出中国女性在现代文明中的困境。中国女性自古以来形成了一种"在家从父，既嫁从夫，夫死从子"的依附心理，而绝少独立人格。"五四"以来的新思想固然给女性争取独立人格带来了新的转机，但几千年强加在中国妇女身上的桎梏不可能在一个早晨拆除殆尽。在寄寓着老舍希望的龙凤身上恰恰证明了这一点："龙凤是中国女人吗？是！中国女人会这样吗？我'希望'有这

---

① 胡适：《美国的妇人》，《胡适全集》第一卷，安徽教育出版社2003版，619页、632页。

② 老舍：《我的几个房东》，《老舍文集》第十四卷，70页。

么一个，假如事实上找不到这么一个。"但"龙凤无法！她明白什么是'爱'，可是她还脱不净那几千年传下的'爱'的束缚——'爱'是子女对父母的孝敬！"①龙凤终于屈从于父命嫁了"贵人"，断绝了与李应的爱情。

同时，老舍又敏锐地感到由于中西方文化的巨大落差，20世纪的新思潮也被篡改了它的原意，在中国女性身上出现了异化。汪太太（《善人》）为显示自己是个"独立的女子"，而要人称她为"穆女士"，而她自己则毫不客气地大把花着丈夫的钱。为标榜自己在国外读过书，受过新思想的洗礼，向往平等、自由、博爱，连家里的丫头也取名自由、博爱，虽然照样打她们。为表示对穷人的关心，她极力劝告人们每天"不要吃五六个窝头，或四大碗面条，而多吃牛乳与黄油"。②这些抛弃了中国传统文化的"新人物"接受西方文化，只取皮毛，成为肤浅而怪诞的中西混合物。

深感现代文明的重压，老舍在深刻的文化反思中体现出复归传统美德的意向，对那些未受新思潮影响的下层女性给予了更多的关注，在她们身上，赋予了更多的传统美德。小福子（《骆驼祥子》）便是带着老舍对传统美德的追求进入老舍的女性世界的。小福子有着中国女性的传统美德：含蓄羞赧，善良多情，忍辱负重。她做暗娼的抉择完全是为了养

---

① 老舍：《老张的哲学》，《老舍文集》第一卷，115页、194页。
② 老舍：《善人》，《老舍文集》第八卷，248页。

活两个年幼的弟弟和一个醉鬼爸爸。在她身上，闪烁出高尚的人情美和人性美。这一点就连木讷的祥子也看得非常清楚："在他的眼里，她是个最美的女子，美在骨头里，就是她满身都长了疮，把皮肉都烂掉，在他心中她依然很美。她美，她年轻，她要强，她勤俭。假若祥子想再娶，她是个理想的人。"① 小福子是祥子理想女性的化身，是她徘徊在地狱门口从天际透射来的一线光明。祥子正是带着新生的希望将要与小福子，"两个在地狱中的人将要抹去泪珠而含着笑携手前进"。② 然而小福子的美德并未得到社会的认可，而是被残酷地逼进了"白房子"，绝望地死去。老舍痛惜于传统美德被龌龊的都市湮没，把目光转向了乡下那些"朴素的乡民"，那些"没有受过什么教育的乡下人"才真是"稳立在中国的文化上"。"剥去他们的那些破烂污浊的衣服，他们会和尧舜一样圣洁、伟大、坚强。"这种情感意向使老舍笔下的理想人物几乎都以娶一个"乡下女人"为最佳选择。老舍早在《二马》中借李子荣之口表述了这种态度："你睁开眼看看中国的妇女，看看她们，看完了，你的心就凉了！中学的、大学的女学生，是不是学问有根底？退一步说是不是会洗衣裳，做饭？爱情，爱情的底下，含藏着互助、体谅、责任！……我不能说我恨他们，但是我宁可娶个会做饭，洗衣

① 老舍：《骆驼祥子》，《老舍文集》第三卷，182—183页
② 老舍：《骆驼祥子》，《老舍文集》第三卷，208页。

裳的乡下老，也不去和那位'有一点知识'，念过几本小说的姑娘去套交情！"① 同样，祥子的心愿也是"假若他有了自己的车，生活舒服了一些，而且愿意娶亲的话，他必定到乡下娶个年轻力壮，吃得苦，能洗能作的姑娘。"② 老舍为瑞全（《四世同堂》）设计的也是抗战胜利以后，"永远住在乡下，娶个乡下姑娘，生几个象小牛一般结实的娃娃。"③ 这种思想正如一些文学史家所指出的，"或多或少地表现出为避免西方资本主义文明的弊病，而将封建宗法社会东方文明美化的民粹主义倾向。"④ 基于对传统文化的正面确认，老舍坚信中国现代人格的建设仍要在传统文化基础上进行。

三、传统文化人格的重塑：
一个民族主义爱国者的真挚情怀

卢沟桥的炮声，使中国人民进入了争取民族独立的抗日战争。在民族危亡关头，老舍自觉听从时代的号召，以亢奋向上的民族精神只身奔赴抗战的前线。同时，神圣的全民抗战使老舍更加深入地、全面地反思了民族传统文化和民族性格的优劣得失，显示出一个爱国主义者的真挚情怀。老

---

① 老舍：《二马》，《老舍文集》第一卷，611—612页。
② 老舍：《骆驼祥子》，《老舍文集》第三卷，54页。
③ 老舍：《四世同堂》，《老舍文集》第六卷，149页。
④ 钱理群等：《中国现代文学三十年》，上海文艺出版社1987年版，267页。

舍认为是抗战给传统文化"照了 X 光",他一方面看出了中国文化已熟到了稀烂的时候,一方面也看出了中国文化的内在力量,正是一种深厚的文化力量使中国人能坚持抗战多年不懈。《浴奴》中的胖妇人,处在生活的最底层,为生活所迫,不得不出卖肉体,当她被诱骗去陪一个日本兵洗澡时,当场把这个日本兵掐死,然后跳楼自尽,显出可歌可泣的民族气节。老舍看到,正是在普通人身上爆发出了中华民族传统文化的道德力量,高第、尤桐芳(《四世同堂》)这些普通甚至不幸的女子也敢于投身抗战,为民族解放赴难献身,这正是整个中华民族得以发展的基础,未来文化的发展建立在对传统文化的创造性转换上。基于这种认识,老舍塑造了韵梅——一个具有传统美德的家庭妇女。平时,韵梅也只不过是个普通的主妇,举止不大文雅,服装不够摩登,思想不外乎家长里短,然而就是这样一个家庭主妇,在抗日的战火中把什么惊险、困难都用她的经验与忍耐接受过来,然后微笑着去想应付的对策。在国难中国,她尽了一个主妇应尽的国民职责,帮助丈夫共同保持了一家的清白,这也就是抗战:"她不只是她,而是中国历史上好的女性的化身——在国破家亡的时候,肯随着男人受苦,以至于随着丈夫去死节殉难!真的,她不会自动地成为勇敢的,陷阵杀敌的女豪杰,象一些受过教育,觉醒了的女性那样。""她老微笑着去

操作，不抱怨吃的苦，穿的破，她也是一种战士！"①在困
难中，她把自己锻炼得更坚强，更勇敢，更负责，她看到了
厨房和院子以外的世界，把无私的爱由家庭扩展到了整个民
族。老舍在小说中明确地指出，传统文化"是应当用筛子筛
一下的"，筛去了"灰尘"，"剩下的是几块真金"。在血与火
的考验中，大赤包、胖菊子、冠招弟……这些无耻的败类，
最终被抗日的烽火荡涤殆尽，相比之下，韵梅更显示出一种
伟大的美，一种深深植根于中化传统沃土的美。

我们不能否认在韵梅的形象中蕴含着老舍真挚的爱国
情怀。同时，我们又不难看到作为一个市民作家的局限。韵
梅的前身不过是一个幸运的小福子，她命运的发展也脱离不
了天佑太太的生活模式。这一形象谱系中的女性都是历史
的被动接受者，而非时代的主动创造者。安定的生活使韵梅
的好品质得以保存，时代的使命使韵梅的美德大放异彩。虽
然韵梅的生活空间终究没有脱离家庭的范围，是在家庭中尽
一个贤妻良母的职责，但老舍却让她在家中感受到时代的风
云，并力图将她所固有的美好素质融进新的时代潮流中，塑
造出具有完美意义的女性。秀莲（《鼓书艺人》）是老舍笔下
最有时代觉醒意识的女性。秀莲的追求与奋斗已与此前女性
原始朴素的挣扎和迷惘有了很大的不同。她在革命者孟良的
引导下，从民主主义斗争中获取了信心和力量，把自己的生

---

① 老舍：《四世同堂》，《老舍文集》第六卷，127—128页。

活自觉地汇入时代洪流中，在社会发展变革中争得了真正的独立人格。这种瞩目于未来的眼光标志着老舍的思想发展达到了一个新的高度。老舍正是立足于现代意识，通过对历史与传统的反思择取，在现代时态上完成了对女性理想人格的重塑。

（《中国现代文学研究丛刊》1999 年第 2 期）

闻一多篇

闻一多对新诗"现代性"的理解和救正

在闻一多短暂的一生中，其诗歌观念发生了两次转变，这两次转变都是出于他对新诗"现代性"的思索和救正。由于思索的基点不同，使他前后的新诗理念形成一种自否式特征。这种观念的转变既是属于个人的，又是属于时代的，真实地透视出中国新诗在自律和他律中调整前行的现代流程。

中国新诗所展开的全面现代转型是在"五四"时期，是与中国历史、文化、文学的现代转型同步实现的，包括诗歌在内的整个文学，在与历史现代性的同构中获得了自身的现代性，因此，这一过程中的新诗乃至整个文学所言说的从来都不是一个"纯文学"的事件。近代以降，有着急迫的现代化情结的中国知识分子所日思夜想的是如何把日见老朽的老大中国一夜变成一个少年中国。西方世界造成的压迫性的焦虑使中国知识分子认定只有移植西方的新鲜细胞，输入西方的文明血液，才能使中国衰老的肌体焕发现代的青春。相对于上一代启蒙先驱而言，"五四"启蒙者是以更为自觉和鲜明的意识将新文化、新文学放置在与传统文化和文学相对峙的格局中寻求新生的。依托新的历史观——进化的观念，建立了现代转型的合法依据。文学革命运动以一种全新的异质性话语规范、叙事原则、审美观念构成了对中国传统文学的有力冲击。与文化上的西化相对应，文学上的"欧化"也被认为是文学现代转型的必由门径，进而把西化等同于现代化。新诗的现代转型也基本走上了这样的一种现代转型的道路，如朱自清所言："新诗不取法于歌谣，最主要的原因还是外国的影响；别的原因都只在这一个影响之下发生作用。外国的影响使我国文学向一条新路发展，诗也不能够是例外。""这是欧化，但不如说是现代化。'民族形式讨论'的结论不错，现代化是不可避免的。现代化是新路，比旧路短得多；要'迎头赶上'人家，非走这条新路不可。"[①]梁实秋1931年发表在《诗刊》创刊号的《新诗的格调及其他》也认为："我一向以为新文学运动的最大的成因，便是外国文学的影响；新诗，实际就是中文写的外国诗。"以"欧化"为现代化的做法自有它的历史性经验在里面，在变革的关键时期，尤其是在新的规范建立之前的破坏期，持中的态度最易被守旧所利用，成为守旧思想意识的避风港，从而延误变革的时机。梁启超时代的"诗界革命"正是这样一个教训。

———————
① 朱自清：《真诗》，《朱自清全集》第二卷，江苏教育出版社1996年版，386页。

作为诗界革命的旗手，黄遵宪的诗歌几乎受到了各派的推重，"凡新学而稍知存古，与夫旧学而强欲趋时者，皆好公度"。① 与西方惠特曼的新语言、新形式所带给世人的惊愕与震怒不同，《人境庐诗草》第五至八卷共有十三人题写了跋语，其中既有宋诗派的陈三立，俞明震等人，也有新诗派的夏曾佑、梁启超、丘逢甲等人。但历史证明，令世人惊怒的惠特曼终于开创了一代新诗，而博得新旧派共同喝彩的"新诗"却永远在两边不到岸的历史长河中飘摇，无法实现彻底地蜕变。"五四"文学革命正是以不同以往的狂飙态势一扫折中化的思维方式，在推向一端的运思中给予了文学以突围性的力量。进化论所昭示的进步性使"五四"文化革命者获得了一种真理在手的信心，更增加了他们反传统的坚定性和不妥协的精神。素以稳健、温和著称的胡适也情辞激切地斥责西化的反对者："现在的中国文学已到了暮气攻心，奄奄断气的时候！赶紧灌下西方的'少年血性汤'，还恐怕已经太迟了；不料这位病人家中的不肖子孙还要禁止医生，不许他下药，说道，'中国人何必吃外国药！'……哼！"② 虽然把时间意义上的"新"等同于追求中的"现代性"，把传统认定为与现代性绝不相容的对立面进行否弃，难免简化了文化及文学现代转型的实质性内涵，但是却有效地解构了在巨

---

① 钱锺书：《谈艺录》，中华书局1984年版，24页。
② 胡适：《文学进化观念与戏剧改良》，《新青年》1918年5卷4号。

大的传统支撑下的中国传统诗歌观念，从而使新诗乃至整个文学以全新的方式诞生了。

自然，对西化的单一价值选择以及作为这一选择的具体文学策略——欧化，在文学和新诗的创辟期是难免的，但这仅仅是文学现代转型的初期矫枉过正的举措，并非可以作为一贯的路径。而且一个民族的审美心理、审美范式和由此形成的审美意象作为一种历史性的生成是深深植根于传统文化深处的，无法连根除掉。传统是以现代时态，时时参与着当下的创造的，谁也无法真正割断与传统文化的血脉联系，而传统的存在和他所具有的源泉性力量终究会被正视，尤其是当"五四"初期的白话新诗渐渐走入枯竭的时候。诗之所以为诗，有着属于自己的规定性，尤其是"节奏"，几乎可以说是诗的"天赋"。而诗的"节奏"又远非仅指形式与字句的均齐，而是潜伏着情感的音节的匀整和流动，"五四"白话诗"诗美"的缺失也正源于此，因此，以闻一多为代表的"新月派"对于"格律"的大力提倡也正是要恢复诗歌应有的、却被无情褫夺的本质属性。在实际创作中，以闻一多、徐志摩等为代表的新格律诗无不是在回环往复的韵律流动中，在一唱三叹的情绪舒卷中尽情展示着诗歌的音韵美和含蓄美，洗尽了"五四"初期白话诗的苍白枯燥，以一种理性节制、调剂后的深沉情感代替了自由体诗的"自由歌哭"，从而摆脱了"绝端自由"所带来的形式的杂沓和情绪上的无节制，使新诗真正成为"被热烈的情感蒸发了的水气之凝结"。[①]

对于"五四"诗歌的批评与纠偏还体现在对"五四"时期整个新文学领域，尤其是诗歌领域由严重的欧化倾向所导致的民族性和本土化的消解。新文学在"五四"文化激进主义的启蒙语境中由于离异了传统而体现出文学现代品性的偏失，在某种程度上获得了纠偏式的调试与补偿。白话诗作为"五四"文学革命中一项浩大的工程，虽然在气势上压倒了中国传统诗词，但并未能真正孕育出"白话"与"诗"结合后的宁馨儿。痛感传统的失却，进而对新诗乃至整个新文学的现代性进行重新检视，并高声呼唤着"雍容温厚""通灵洁澈"的"东方的魂"的便是闻一多。在《冬夜》评论中，他慨叹道："不幸的诗神啊！他们争道替你解放，'把从前一切束缚'你的'自由的枷锁镣铐……打破'；谁知在打破枷锁镣铐时，他们竟连你底灵魂也一齐打破了呢！不论有意无意，他们总是罪大恶极啊！"[②] 于是，在热情赞颂了郭沫若《女神》的时代精神后，闻一多更对新诗的典范之作——《女神》的"欧化"进行了批评，其中所涉及的世界与民族、西方与传统的问题至今仍是我们在现代化进程中难以回避的问题："现在的一般新诗人——新是作时髦解的新——似乎

---

① 闻一多：《〈冬夜〉评论》，《闻一多全集》2卷，64页。
② 闻一多：《〈冬夜〉评论》，《闻一多全集》2卷，77页。

有一种欧化底狂癖，他们的创造中国新诗底鹄的，原来就是要把新诗做成完全的西文诗……但是我从头到今，对于新诗底意义似乎有些不同。我总以为新诗径直是'新'的，不但新于中国固有的诗，而且新于西方固有的诗；换言之，他不要做纯粹的本地诗，但还要保存本地的色彩，他不要做纯粹的外洋诗，但又要尽量地吸收外洋诗底长处；他要做中西艺术结婚后产生的宁馨儿。我以为诗同一切的艺术应是时代底经线，同地方底纬线所编织成的一匹锦……新思潮底波动便是我们需求时代精神底觉悟。于是一变而矫枉过正，到了如今，一味地时髦是骛，似乎又把'此地'两字忘到踪影不见了。现在的新诗中有的是'德谟克拉西'，有的是泰果尔，亚坡罗，有的是'心弦''洗礼'等洋名词。但是，我们的中国在那里？我们四千年的华胄在那里？那里是我们的大江，黄河，昆仑，泰山，洞庭，西子？又那里是我们的《三百篇》，《楚骚》，李，杜，苏，陆？"① 实际上，闻一多所提倡的是由这些意象为表征的传统诗情、诗意和诗美的一种接续和嬗变。对于"五四"以来把西化当作现代化，认欧化为世界化的偏颇和误解，闻一多给予了澄清："有人提倡什么世界文学。那么不顾地方色彩的文学就当有了托辞了吗？但这件事能不能是个问题，宜不宜又是个问题。将世界各民

---

① 闻一多：《〈女神〉之地方色彩》，《闻一多全集》2卷，118—119页。

族底文学都归成一样的，恐怕文学要失去好多的美。一样颜色画不成一幅完全的画，因为色彩是绘画底一样要素。将各种文学并成一种，便等于将各种颜色合成一种黑色，画出一张 sketch 来。我不知道一幅彩画同一幅单色的 sketch 比，那样美观些。西谚曰'变化是生活底香料'。真要建设一个好的世界文学，只有各国文学充分发展其地方色彩，同时又贯以一种共同的时代精神，然后并而观之，各种色料虽互相差异，却又互相调和。这便正符那条艺术底金科玉臬'变异中之一律'了。"针对"五四"文学中出现的毛病，闻一多认为若求纠正，"一桩，当恢复我们对于旧文学底信仰，因为我们不能开天辟地（事实与理论上是万不可能的），我们只能够并且应当在旧的基石上建设新的房屋。二桩，我们更应了解我们东方底文化。东方底文化是绝对地美的，是韵雅的。东方的文化而且又是人类所有的最彻底的文化。哦！我们不要被叫嚣犷野的西人吓倒了！"[1] 作为对"五四"诗歌欧化倾向的纠偏，以闻一多为代表的新格律诗正是以大量熔铸着东方风情的传统意象的创造性运用，体现出他们的诗歌理念。意象，是一种文化气韵和民族审美情致的凝结和积淀，不同文化和民族都有着属于自己的一系列意象群。"五四"时期诗歌的欧化与对于富含西方色彩的意象的运用有着绝大的关系，而在新月派的诗歌中，那些西洋化的意象已经完全

---

① 闻一多：《〈女神〉之地方色彩》，《闻一多全集》2卷，123页。

被置换为诸如"翡翠""桃花""罗绮""红烛""金柳""笙箫"等浸润着浓丽的古典风情的意象群，而由这些古典意象所传达的又是现代人的情绪和体悟。总体上看，新月派的诗正是在力图涵化中西的努力上，使自己的诗歌处处透溢出中国传统的脉力，但又无处不是现代新诗，体现着现代人的情感和生命体验。闻一多坚信："谈到文学艺术，则无论新到什么程度，总不能没有一个民族的本位精神存在于其中……技术无妨西化，甚至可以尽量的西化，但本质和精神却要自己的。"①

20 世纪 30 年代的诗论家孙作云曾经指出："文学流派的发展，或互相嬗递，是循着曲折的道路前行着，向来没有走过一直的路径，或恰到好处的路径。某一派在盛时校正了前人的错失，而此派的余流又变本加厉地进行着，不知自己也走歪了道路，于是又有新的派别出来校正。"② 新格律诗的发展道路实际也没有逃脱这样一种规约。新格律诗虽然救正了初期白话诗的弊端，但是沿着自己的道路，也充分展示了自己给自己设下的圈套："谁都会运用白话，谁都会切豆腐似的切齐字句，谁都能似是而非的安排音节——但是诗，它连影儿都没有还你见面！"③ 众所周知，后期新月派诗人是以对

---

① 闻一多：《悼玮德》，《闻一多全集》2卷，186页。
② 孙作云：《论"现代派"诗》，《清华周刊》1935年43卷1期。
③ 徐志摩：《诗刊放假》，《中国新文学大系·文学论争集》，上海良友图书印刷公司1935年版，336页。

现代派诗艺的借鉴作为突围策略的，对于闻一多后期诗歌观念的转变，也是基本止于这样的一种认识，并以《奇迹》的出现作为证明。而且，由于闻一多在诗歌和生命中体现出来的炽烈的爱国情怀吸引了人们太多的注意力，使得人们对于闻一多爱国思想上的关怀绝对地压倒了对于其艺术观念上的关注，这样的一种认识趋势，即使现在也依旧存在。实际上，闻一多对于诗歌艺术方面的思索并没有停歇于《奇迹》中对于现代主义的借鉴上，而是继续前行，但并不是在同一条直线上运行的，而是经过了一种回旋。如果说闻一多在二三十年代以格律诗为核心的诗歌理念是从审美的角度卸载了新诗所承担的诗以外的历史重负，是以艺术审美对抗历史功利的话，那么40年代闻一多却是提倡诗歌对时代的功利承载，几乎否定了自己以往的"纯诗"观念。此时的闻一多所推重的是"时代鼓手"田间的诗歌。田间的诗歌，从艺术审美的角度讲，大多是一些一览无余，短促有力却毫无回味的短句："听到吗／我们／要赶快鼓励自己底心／到地理去！／／要地里／长出麦子；／／要地里／长出小米；拿这东西／当作／持久战的武器。／／（多一些！／多一些！）／／多点粮食，／就多点胜利。"类似这样一些不具备婉转诗情、近乎口号式的呐喊，此时却震撼了闻一多的心，受到了闻一多的极力推崇："这里没有'弦外之音'，没有'绕梁三日'的余韵，没有半音，没有玩任何'花头'，只有一句句朴质，干脆，真诚的话，（多么有斤两的话！）简短而坚实的句子，就是一声声的'鼓点'，单调，但是响亮而沉重，打入你耳中，打在你心上。"[①] 在此前的诗歌观念中，闻一多一再强调的恰恰是诗歌应该具有暗示性："赤裸了便无暗示之可言，而诗的文字那能丢掉暗示性呢？"[②] 显然，彼时闻一多对于诗歌的价值评判已经超越了纯艺术层面和纯技术层面，和时代风云紧密联系在一起了："当这民族历史行程的大拐弯中，我们得一鼓作气来渡过危机，完成大业。这是一个需要鼓手的时代，让我们期待着更多的'时代的鼓手'出现。至于琴师，乃是第二步的需要，而且目前我们有的是绝妙的琴师。"[③] 闻一多所看重的不再是诗歌带给人们的美的感受，而是诗歌能在多大程度上唤起人们的爱国热情，能在多大程度上产生一种鼓动效应，成为时代的鼓手。

40 年代，基于一种非常时代的需求，闻一多继续向传统文化深处巡弋，他找到了"民间"。闻一多对于民间歌谣的激赏，虽然也有力图以一种充溢着自然野性气息的民间歌谣，救正新诗由于越来越浓重的贵族化和过分的艺术性所导致的颓弱，但这种纯艺术方面的考量是微弱的，他此时考

---

① 闻一多：《时代的鼓手——读田间的诗》，《闻一多全集》2卷，199页。

② 闻一多：《悼玮德》，《闻一多全集》2卷，165页。

③ 闻一多：《时代的鼓手——读田间的诗》，《闻一多全集》2卷，201页。

虑得更多的仍然是艺术对于社会、对于时代的功利价值，因此，当他开始以另外的一种价值观念来看待诗歌艺术时，就使得他与自己先前的艺术观念拉开了不小的距离。闻一多曾在《冬夜》评论中主张："一切的艺术应该以自然做原料，而参以人工，一以修饰自然的粗率相，二以渗渍人性，使之更接近于吾人，然后易于把捉而契合之。"[①]闻一多主张在诗歌方面需要有一定程度上的"做"，《女神》过于欧化的毛病正在于"太不'做'诗的结果"。"选择"乃是创造艺术的程序中最要紧的一层手续，自然的不都是美的；美不是现成的。其实没有选择便没有艺术，因为那样便无以鉴别美丑了。包括闻一多在内的新格律诗"三美"主张和创作实践，都是倾向于追求一种艺术的修饰美，从诗到诗形，都是经过严格艺术过滤的，绝非直接的自然的呼喊。到了后期，闻一多却一改这种审美趣味，转向了纯然不经修饰的民间歌谣。诸如："吃菜要吃白菜头，跟哥要跟大贼头，睡到半夜钢刀响，妹穿绫罗哥穿绸。（盘县）"再如："生要恋来死要恋，不怕亲夫在眼前，见官犹如见父母，坐牢犹如坐花园。（盘县）"对于这类淳朴直白火辣的歌谣，闻一多是这样评价的："你说这是原始，是野蛮。对了，如今我们需要的正是它。我们文明得太久了，如今人家逼得我们没有路走，我们该拿出人性中最后最神圣的一张牌来，让我们那在人性的幽暗角

---

① 闻一多：《〈冬夜〉评论》，《闻一多全集》2卷，63页。

落里蛰伏了数千年的兽性跳出来反噬他一口。"①闻一多此时极力称扬、呼唤民间的野性、质朴和火辣辣的情感形式，显然主要是基于时代的需求，借以唤起国民反抗民族压迫、外敌侵略的斗志，实际也在另一个隐性的层面上救正了由谨严的格律造成的新诗的过度艺术化——人工修饰性，以及情感的过分收敛而带来的诗歌情感的力度和热度的压抑。就在《死水》出版以后，闻一多在给臧克家的信中写道："我只觉得自己是座没有爆发的火山，火烧得我痛，却始终没有能力（就是技巧）炸开那禁锢我的地壳，放射出光和热来。"②

闻一多诗歌理念的两度变化既是对自身困境的救正，也是此前反驳"欧化"的继续和深化，同样是闻一多对于新诗现代性理解的深入。

（原载《闻一多研究辑刊》2004 年总第 9 辑）

---

① 闻一多：《〈西南采风录〉序》，《闻一多全集》2卷，195—196页。
② 闻一多：《致臧克家》，《闻一多全集》12卷，381页。

"东方色彩"的自觉追求与建构

中国"五四"新文化运动的创辟期与高潮期,"西化"不仅成为一种价值参照,而且是作为"现代性"的同义语内化为一种自觉的追求,有效地促动了中国思想、文化的现代转型。新文学——尤其是新诗,作为内置于新文化运动中的一个突围性环节,更是在"西化"(或称"欧化")的浪潮中显示着脱离传统以求革命的努力。在这一以"西化"为"现代化"的特定历史语境中,闻一多作为"五四"新文化运动中孕生的新诗人能清醒地看待"欧化",大力倡扬诗歌的"东方色彩",并在同一美学基础上建构其诗学理想,这种文学现代性的本土化自觉追求,无论在当时还是现在都值得深入探讨。

一、"东方色彩"的审美差异

"东方色彩"在闻一多的审美意识中由潜意识上升为

显意识，其触发点是其留美期间与美国新诗运动的相遇。
发生并勃兴于 20 世纪一二十年代的美国新诗运动，是以
对"东方艺术"①的审美认同来摆脱自身对于宗主国文学
的附庸身份，寻求诗歌的本土化进境的。美国新诗运动
的中坚人物，从其开创人庞德（Ezra Pound）到后起领袖
洛威尔（Amy Lowell）再到《诗》刊（Poetry）的主编蒙
罗（Harriet Monroe）以及新诗运动中的健将弗莱契（John
Gould Fletcher）等，无一不是从中国传统诗歌艺术中汲取
了"东方式"的灵感进而寻找到了艺术自我。对于"美国诗
歌复兴"运动，庞德认为中国诗"是一个宝库，今后一个世
纪将从中寻找推动力，正如文艺复兴从希腊人那里找推动
力。"②就在美国新诗运动到达兴盛时期的 1922 年，闻一多亦
留学到了美国芝加哥——美国新诗运动的中心，并与这一运
动及其中心人物有了一段文学交往，③共同构成一个文化接
触地带，尤其在"东方艺术"所具有的审美情调上达成一定
程度的契合。1922 年，闻一多在给梁实秋的信中表达了一
个中国诗人的狂喜："快乐烧焦了我的心脏，我的血烧沸了，
要涨破了我周身的血管！我跳着，我叫着。跳不完，叫不尽
的快乐我还要写给你。啊！快乐！快乐！我读了 John Gould

---

① 主要是中国和日本，当时被西方统称为"远东"。
② 赵毅衡：《诗神远游》，上海译文出版社2003年版，17—18页。
③ 闻一多在1922年8月至1932年8月期间致家人和友人的书信中多次提到
美国的新诗运动以及与他们的来往，并有诗歌在《诗》上发表。

Fletcher 底一首诗，名曰：《在蛮夷的中国诗人 Chinese Poet among Barbarians》……他是设色的神手。他的诗充满浓丽的东方色彩……佛来琪唤醒了我的色彩的感觉。"①诗人"被唤醒"的狂喜恰恰表明这种对于"浓丽的东方色彩"的迷恋始终伏藏于诗人的潜意识中，而今终于有了一个契机使之澄明于审美意识的地表。

实际上，在闻一多的早期诗歌中，如《红烛》《李白之死》《剑匣》《红荷之魂》等，一种深植于传统深处的浓烈的东方神韵是非常鲜明的，明显地与"五四"初期的"西式"新诗创作主潮呈现出一种异质性色彩，只不过在古典与现代交错的新诗转型背景下，没有得到彰显罢了。渡洋到美国，对故国乡土的思恋一方面使诗人更为敏锐地捕捉着"东方色彩"，另一方面又使之发酵蒸腾出更具本土色彩的诗情。梁实秋对于闻一多刚到美国时的心境颇有了解："本来一个中国人忽然到了外国，举目一望尽是一些黄发绿眼之人，寂寞凄凉之感是难免的，人非木石孰能遭此？但是一多的思乡病是异于寻常的，他是以纯粹中国诗人的气质而一旦投身于物质文明极发达的蛮荒。"②对于这样一个有着非同寻常的"怀乡病"的诗人，一丝一缕的"东方气息"都能触动其最为敏

---

① 闻一多：《致梁实秋》，《闻一多全集》12卷，117—118页。

② 梁实秋：《谈闻一多》，《梁实秋怀人丛录》，中国广播电视出版社1991年版，95页。

感的神经，而令闻一多如此欣喜若狂的美国诗人的"东方色彩"，所反射的却是中国诗歌和艺术的光与影。Fletcher 自己曾对此供人不讳："我在东方部（指波士顿博物馆的东方部）度过一些时光，我开始用新的眼光看那些宋画和镰仓时代的杰作，感到绘画艺术与我的诗精神相通。在这方面我重新受到一次教育。"① 他自认"正是因为中国的影响，我才成为一个意象派，而且接受了这个名称的一切含义。"② 因此，与其说弗莱契唤醒了闻一多的"东方色彩"，不如说闻一多在更为深层和自觉的审美层面上发现了自己的"东方"，使他深切地反观到中国传统诗歌艺术特有的东方美质，并形成了他此后更为自觉的诗歌审美追求和评判标准。他曾经赞赏梁实秋的诗歌"浓丽的象济慈"，并认定"我们主张以美为艺术之核心者定不能不崇拜东方之义山，西方之济慈了"③。闻一多借 Mr. Duncan Phillips 的话赞赏英译莪默的诗："我们每以色彩连属于韵语。实在我们从斐芝吉乐底莪默所得的愉快，其一大部分，不由于他的哲学，而由于他那感觉的魔术表现于精美的文字底音乐之中，这些文字在孤高的悲观主义底暗影之外，隐约地露示一种东方的锦稚与象牙底光彩……这些字变成了梦幻，梦幻又变成了图画。"④ 他批评当时中国新诗

---

① 赵毅衡：《诗神远游》，127页。
② 赵毅衡：《诗神远游》，16页。
③ 闻一多：《致梁实秋》，《闻一多全集》12卷，128页。
④ 闻一多：《莪默伽亚谟之绝句》，《闻一多全集》2卷，104页。

的单薄恰是缺乏"浓丽繁密而且具体的意象。"①

闻一多与美国新诗人审美兴趣中的"东方色彩"并非是一种完全契合的审美感受，而是有着相当大的距离。美国新诗运动对于"东方色彩"的审美追求从本质上讲是建立在对东方艺术——主要是中国诗歌艺术的"误读"之上的。首先，作为美国新诗运动的标志性和源头式的诗作——庞德的《神州集》（Cathay）本身就是源自一个美国的东方学家、诗人费诺罗萨（Ernest Fenollosa）在日本学习中国古典诗歌和日本诗歌的笔记，而庞德翻译的又并非全部，只是截取了其中的十九首诗，其中以李白的诗居多，占十二首。因此，中国古代诗歌在进入美国诗人的审美视界时，已经转了几次弯，打了若干折扣，而美国新诗运动中的很多诗人又是从《神州集》中感受东方，汲取灵感的，可想而知，真正的中国诗到此只剩下了一些微末的"遗存"。但更为关键的是"翻译诗歌"本身就是一个不可避免地创造性误读的过程，闻一多对此曾经有过精辟的识见，他认为中国古典诗歌翻译鲜有成功的关键即在于"英文和中文两种文字的性质相差太远了"。"形式上的秾丽许是可以译的，气势上的浑璞可没法子译了。但是去掉了气势，又等于去掉了李太白。"闻一多认为尤其是诗歌中一些"浑然天成的名句，它的好处太玄妙了，太精微了，是禁不起翻译的。"因此，对于美国新诗运

---

① 闻一多：《〈冬夜〉评论》，《闻一多全集》2卷，69页。

动中对于中国古典诗歌的翻译，闻一多也做过公允的价值评判："陆威尔（Amy Luwell）注重的便是诗里的绘画。陆威尔是一个 imagist，字句的色彩当然最先引起她的注意。只可惜李太白不是一个雕琢字句，刻画辞藻的诗人，跌宕的气势——排奡的音节是他的主要的特性。所以译太白与其注重辞藻，不如讲究音节了。陆威尔不及小畑薰良只因为这一点。"而小畑薰良的翻译已经是错误百出了，可见，陆威尔等新诗人的翻译将会是怎样更严重的误读。中国的诗歌，尤其是古典诗歌在翻译过程中已经面目全非，但这几乎是任何诗歌翻译的一种必然，因此，闻一多理解并认同这种误读的必然性和合理性："但是翻译当然不是为原著的作者看的，也不是为懂原著的人看的，翻译毕竟是翻译，同原著当然是没有比较的。"[①] 这正从另一个角度证明了美国新诗运动对"东方色彩"的倾心与闻一多的是性质不同的两种审美感受。令美国新诗人们着迷的还有出现于西方文献中、博物馆里乃至瓷器上的古中国的诗歌、建筑、书画艺术乃至古老传说中所散发的整饬而华丽的东方光彩。可以说，"东方"在美国新诗中更多的具有一种想象的成分，甚至连中国古典诗歌艺术也只是一个触媒，是触发诗人进行诗性想象的一个飞地。正是基于这样的一个想象的前提，美国新诗人对于东方色彩的采撷还基本限于自古以来西方对于东方的一种神秘的

① 闻一多：《英译李太白诗》，《闻一多全集》6卷，63—70页。

"异国情调"的认知，陆威尔对此有着清醒的认识："旧式诗人，由于浪漫主义的时尚，感到兴趣的是情调，是装饰；而现代诗人在中国诗中找到的不是相异而是相同。"[①] 或者直可以说，美国新诗人诗歌中的"东方色彩"只是一些表面上的光与影，甚至连这些表面上的光彩也只是诗人借以表达自身的一种介质而已。与此不同，作为一个从小浸淫于中国传统诗歌中的闻一多而言，"东方色彩"绝对不是浮流于诗歌表面的光、彩乃至意象，而是由中国全部文化不断地提纯凝结而成的诗的"精魂"，体现着一个民族从形式到内容的全部气韵与精髓，它不仅仅固化在一个单纯的过去，而是依旧能鲜活地复活在现代的审美之中。因此，对于五四新诗运动以弃绝传统为"解放"的"欧化"风潮，诗人痛言："不幸的诗神啊！他们争道替你解放，……谁知在打破枷锁镣铐时，他们竟连你底灵魂也一齐打破了呢！"[②] 这正是一个由"传统"走到"现代"的诗人，基于自身的艺术敏感，确信"传统诗歌"与"现代诗歌"必然有着深植于文学根脉中的美质承传。实际上，对于传统诗美与诗情的现代糅化，自闻一多从事新诗创作伊始，便成为自觉的追求，这在其早期诗歌创作中有着更为鲜明的体现。

---

① 赵毅衡：《诗神远游》，181页。
② 闻一多：《〈冬夜〉评论》，《闻一多全集》2卷，77页。

二、对现实东方形象的逆写

神秘而浓丽的"东方色彩"仅留存于美国新诗人的诗学想象之中，而且就这种想象本身而言，也未能超越"西方"对"东方"一脉承传的"他者化"认知模式："东方几乎是被欧洲人凭空创造出来的地方，自古以来就代表着罗曼司、异国情调、美丽的风景、难忘的记忆、非凡的经历。现在，它正在一天天地消失；在某种意义上说，它已经消失，它的时代已经结束。"[①] 美国对于"东方"的认识显然是内置于这一近乎固化的欧洲传统之中的。[②] 因此，古老而辉煌的想象与破败的现实构成同一枚硬币的两面，"东方"的愚昧和落后恰是西方文明与进步的陪衬，是"沉默的他者"。与美国新诗人心目中充满了浓丽的东方色彩的古中国相比，现实的中国则是荒蛮、肮脏的渊薮。新诗运动的《诗》刊副主编尤妮丝·狄任斯（Eunice Tietjens）1916年在中国无锡生活过一年，并完成了她的《匙子河诗集》（The Spoon River Anthology），在这一诗集中，诗人所精心描绘的是中国的乞丐，自残肢体的职业求乞者，女仆骄傲地剥给她看自己

---

① ［美］爱德华·W·萨义德著，王宇根译：《东方学》，北京三联书店1999年版，1页。

② 1842美国东方研究会（American Oriental Soceity），在1843年召开的首届年会上，会长约翰·皮克林（John Pickering）曾讲，美国的东方研究遵循的是帝国主义欧洲诸强的范例。

"死肉般"的"金莲"以及城市里开口的粪池……在给美国朋友的信中写道:"你们不可能了解中国的肮脏、邋遢、悲惨……我那些来得太容易的乐观主义,美国式的对'进步'的信心,在这里毫无用处了。"① 正是在西方人眼中的这种不无偏见的现实,使闻一多感受着弱国子民的愤懑与悲哀,在致父母家人的信中,他再三诉说着这种遭贱视的痛苦:"美国政府虽与我亲善,彼之人民忤我特甚(彼称黄、黑、红种人为杂色人,蛮夷也,狗彘也)。呜呼,我堂堂华胄,有五千年之政教、礼俗、文学、美术,除不娴制造机械以为杀人掠财之用,我有何者多后于彼哉,而竟为彼所藐视、蹂躏,是可忍孰不可忍!"② 作为一个诗人,闻一多唯一舒泄情绪的方式便是诗歌,以一种诗性言说对抗西方对于东方的他者化想象。这种言说并非简单地指闻一多以一个中国诗人的身份介入美国的诗坛,而更在于他对于"沉默的他者"形象的颠覆性重写。梁实秋曾有回忆:"我们在学校里是被人注意的,至少我们的黄色的脸便令人觉得奇怪。有一天,学生赠的周刊发现了一首诗,题目是'Sphinx',作者说我们中国人的脸沉默而神秘,像埃及人首狮身的怪物,他要我们回答他,我们是在想些什么。这诗并无恶意,但是我们要回答,我和一多各写了一首小诗登在周刊上。这虽是学生时

① 赵毅衡:《诗神远游》,101页。
② 闻一多:《致父母亲》,《闻一多全集》12卷,50页。

代的作品，但是一多这一首写得不坏，全校师生以后都对我们另眼看待了。"[①] 闻一多在 Another "Chinese" Answering（《另一个中国人的回答》）中以复踏的形式认可了自身的沉默："Even（But）my words might be riddles to you/so I choose to be silent"[②]，但是在静默中，诗人却以华美的诗章展示了中华绚烂的文明。因此，这里的"沉默"不再如西方所认定的那样——是一个只能让西方代言的无力表达者，不再是被西方"给定"的失语状态，而是在彼此隔膜的文化状态下，主动"选择"的沉默，其后深蕴着智慧与丰富。因此，这首 Another "Chinese" Answering 正是闻一多以诗性言说对于"沉默的他者"的逆向抒写。一个弱国子民在一个强大的殖民空间必然要经受的身心创伤终于改变了闻一多的人生道路："一多来到珂泉，是他抛弃绘画专攻文学的一个关键。"[③]对于这样的一个转变，熊佛西也有回忆："记得一九二四年我们在美国求学的时候，你对于国事是那样的关切，你对于当时的军阀当道是那样的痛恨，你当时所学的是绘画，你觉得专凭颜色和线条是不足表现你的思想和感情，——不能传达你对于祖国与人民火一般的热爱！于是你改习了文学。特别致力于诗的研究和诗的创作……你常对我说：'诗人主要

---

① 梁实秋：《闻一多在珂泉》，《梁实秋怀人丛录》，13页。
② "也许我的言语对你是一团谜，那么我选择沉默"，本文作者译。
③ 梁实秋：《闻一多在珂泉》，《梁实秋怀人丛录》，11页。

的天赋是"爱"',爱他的祖国,爱他的人民。'"① 闻一多正
是借助于诗歌,改变着东方"被书写"的沉默状态,以自己
的诗歌重构着民族的形象。他此一时期的《洗衣歌》同样是
对于西方人眼中的"现实中国形象"的逆写。当时洗衣是美
国华侨最普遍同时也是被认为卑贱的职业,"因此留学生常
常被人问道'你的爸爸是洗衣裳的吗?'许多人忍受不了这
侮辱。"② 同样的形象也出现在美国新诗运动的诗人笔下,林
赛(Lindsay)的《中国夜莺》中便出现过一个"专心干活,
弯腰熨烫"的张洗衣工,但是并无侮蔑的意思,同时威廉
斯(Williams)在他的《酸葡萄》也有一首题为"年轻的洗
衣工":

> 太太们,我请求你们照应
>
> 我的朋友吴启;年轻,心灵手巧
>
> 手脚干净,他的肌肉
>
> 在单薄的蓝衫下滚动;赤裸的脚
>
> 穿着草鞋,一个脚跟踮起,又换一只脚
>
> 永远在寻找新的姿势
>
> 请把你家丈夫的衬衫给吴启洗。

---

① 熊佛西:《悼闻一多先生》,《文艺复兴》,1946年2卷1期。
② 闻一多:《洗衣歌·小序》,《闻一多全集》1卷,163页。

显然，诗人在友好中带着鲜明的怜悯的味道，对于这种难堪的"施恩态度"，与闻一多同在美国留学的梁实秋有着深切的体会："一个人或一个国家，在失掉自由的时候才最能知道自由之可贵，在得不到平等待遇的时候才最能体会到平等之重要。年轻的学生到了美国，除了极少数丧心病狂甘心媚外数典忘祖的以外，大都怀有强烈的爱国心。美国人对中国人民是友善的，但是他们有他们的优越感，在民族的偏见上可能比欧洲人还要表现得强烈些。其表现的方式有时是直截了当的侮辱，有时是冷峻的保持距离，有时是高傲的施予怜悯。"① 而闻一多的《洗衣歌》则一改"洗衣者"原有的卑微形象，相反却赋予了被西方人视为"卑贱"的职业一种"神秘"乃至"神圣"的意味——洗衣者成了"悲哀""贪心""欲火""铜臭""血腥"……一切西方物化世界里肮脏与罪恶的见证人和洗涤者。以《洗衣歌》作为标志性言说文本，涌现于这一时段的《醒呀》《七子之歌》《南海之神》《我是中国人》……都是诗人"历年旅外因受尽帝国主义的闲气而喊出的不平的呼声。"②

与美国新诗运动中的诗人们以西方心态对于"东方文化"表面色彩与情调的追趋不同，闻一多始终是作为东方文化的同体者出现的，他对于东方文化的爱是深置于骨髓之中

---

① 梁实秋：《闻一多在珂泉》，《梁实秋怀人丛录》，113页。
② 闻一多：《醒呀·后记》，《闻一多全集》1卷，221页。

的，但是一个显见的事实则是闻一多所倾情的"东方文化"依旧局囿于传统之中，在 Another "Chinese" Answering 中，诗人借以傲视西方的中华宝藏也依旧是 "a jade tea-cup"（翠玉的茶杯）"an embroidered gown"（刺绣的蟒袍）以及 "silk -bound books（丝绸装订的典籍）"等辉煌而陈旧的古文明。同样，诗人用以塑造东方形象的也是由"昆仑""五岳""黄河""泰山""孔子""庄周""黄帝尧舜""荆轲聂政"等传统符码共同编织的"历史"的辉煌（《我是中国人》），伟大的传统与破败的现实不仅在现实语境中，更在诗人的心灵中处于严重的割裂状态。当诗人从传统构筑的辉煌诗境走到中国现实的土地上时，他必然会"发现"一个历史以外的现实："这不是我的中华，不对，不对！……那是恐怖，是噩梦挂着悬崖，那不是你，那不是我的心爱！"（《发现》）但是与当时对中国的现实有着同样悲愤情绪的郭沫若不同，闻一多不是要把原有的历史、文化与一切黑暗的现实都尽情焚毁，创造一个新生，相反，现实的痛楚使闻一多更为虔敬地向历史和文化深处沉潜：

> 请告诉我谁是中国人，
> 启示我，如何把记忆抱紧；
> 请告诉我这民族的伟大，
> 轻轻地告诉我，不要喧哗！

> 请告诉我谁是中国人，
>
> 谁的心里有尧舜的心，
>
> 谁的血是荆轲聂政的血，
>
> 谁是神农皇帝的遗孽。
>
> ——《祈祷》

诗人之所以要向历史祈祷，是因为坚信这辉煌的历史必然蕴蓄着火山般的力量："别看五千年没有说破，你猜得透火山的缄默？说不定是突然着了魔，突然青天里一个霹雳爆一声：'咱们的中国！'"（《一句话》）因此，如何使五千年蕴蓄的力量进入现代，转化成现实的强力，便成为诗人重铸东方文化之魂的深切愿望："我是过去五千年底历史，我是将来五千年底历史。我要修葺这历史底舞台，预备排演历史底将来。"（《我是中国人》）诗人深信文化的精髓便存身于"洪荒的远祖——神农，皇帝、先秦的圣哲——老聃，宣尼、吟着美人香草的爱国诗人、饿死西山和悲歌易水的壮士"的身上，凝结于"二十四史里一切的英灵"身上。正如闻一多由美国的珂泉下决心弃美术而向文学一样，从传统中寻求文化的精魂也可以认为是他弃诗歌而向历史（学术）的理由之一。闻一多坚信历史才是最伟大的诗篇："有比历史更伟大的诗篇吗？我不能想象一个人不能在历史（现代也在内，因为它是历史的延长）里看出诗来，而还能懂诗。"[①] 而要拯救"在悠久的文化的末路中喘息着"的国家灵魂必须要有"民族的本位精神"："我所指的不是掇拾一两个旧诗词的语句来妆点门面便可了事的……要的是对本国历史与文化的普遍而深刻的认识，与由这种认识而生的一种热烈的追怀，拿前人的语句来说，便是'发思古之幽情'。一个作家非有这种情怀，决不足为他的文化的代言者，而一个人除非是他的文化的代言者，又不足称为一个作家，我们既不能老恃着 Pearl Buck 在小说里写我们的农村生活，或一二准 Pearl Buck 在戏剧里写我们的学校生活，那么，这比小说戏剧还要主观，还要严重的诗，更不能不要道地的本国人，并且彻底的了解，真诚的爱慕'本位文化人'的人来写它了。"[②] 闻一多所反对的，一方面是本民族在"被书写、被言说"中被西方"他者化"的状态，另一方面则是在"西化的狂热"中失却自我的行为，他要求新诗要有自己的本质和精神。实际闻一多毕其后半生埋头故纸堆，绝非仅仅是"学术兴趣"乃至"实际生存"所能了然的，作为一个现代知识分子对于本民族文化的神圣责任感是不容忽视的。

---

① 闻一多：《致臧克家》，《闻一多全集》12卷，380页。
② 闻一多：《悼玮德》，《闻一多全集》2卷，186页。

三、建构东方诗学的执着与偏至

与闻一多偏向"东方色彩"的诗美实践以纠正"欧化"的诗歌创作趋向相一致，建构具有真正东方意义上的诗学，也是诗人自觉的追求。

闻一多的早期诗学追求体现出一种既认同时代又与之相疏离的特征。所谓"认同"是基于一种诗歌现代性的追求而要求新诗从旧诗词中脱离转型的时代性努力。作为一个对现代新诗有着充分自觉的诗批家，闻一多同样是以批判旧诗，倡扬新诗的精神为己任的："我诚诚恳恳地奉劝那些落伍的诗家，你们要闹玩儿，便罢，若要真作诗，只有新诗这条道走。"[①] 但是在新诗的初创期，新与旧必然要处于一种杂糅状态，诗人如何摆脱旧诗的不良侵蚀，并进一步使新诗成功地"熔铸"旧诗，确实需要能同时深悟新诗与旧诗三昧的行家里手做出判断与分析。闻一多认为俞平伯的《冬夜》凝练、绵密、婉细的音节特色正是从旧诗和词曲蜕化的结果，但是音节上的赢获同时又造成意境上的亏损，因为太执着于词曲的音节而使诗歌无法承载繁密的思想，并造成了一种粗率的词调："音节繁促则词句必短简，词句短简则无以载浓丽繁密而且具体的意象。——这便是在词曲底音节之势力范围里，意象之所以不能发展的根由。"因此，闻一多鼓动新诗人

---

① 闻一多：《敬告落伍的诗家》，《闻一多全集》2卷，38页。

"摆脱词曲的记忆，跨在幻想底狂恣的翅膀上遨游"，这样才能"拈得更加开扩的艺术"。[①] 因此，对旧诗词的批判正是诗人与时代的同调，而且这种批判较之新文化运动者对新诗的功利性要求——承载启蒙思想或者承载白话文，更具有艺术上的冷静与公允，因此，出于比较纯粹的诗歌艺术方面的考虑，闻一多对于当时已经取得时代合法性的"思想观念"对艺术审美的妨害也毫不客气地进行了批驳，从而显示出与时代统摄性话语的疏离："恐怕《冬夜》所以缺少很有幻象的作品，是因为作者对于诗——艺术的根本观念底错误。作者底《诗的进化的还原论》内包括二个最紧要之点，民众化的艺术，与为善的艺术。"《冬夜》的诗恰是"得了平民的精神，而失了诗底艺术。"所以闻一多觉得诗人"情感也不挚，因为太多教训理论……追究其根本错误，还是那'诗底进化的还原论'。"[②] 闻一多从艺术审美出发反驳"思想观念"对诗的干扰显然捕捉到了新诗初创期的弊病，但是新诗的现代转型正是在新诗与现代思想观念的互相承载中获得动力的，因此完全从艺术审美的角度否定这一点显然也是一种错位的批评，尤其是对于胡适的"自由诗"的历史性价值以及《蕙的风》的时代效应进行了彻底否定显然也是有失偏颇的。

闻一多建构现代诗学的另一个重要维度是对"地方色

---

① 闻一多：《〈冬夜〉评论》，《闻一多全集》2卷，69页。
② 闻一多：《〈冬夜〉评论》，《闻一多全集》2卷，69—93页。

彩"的强调，这一主张是与其倾心的"东方色彩"相一致的。在对《女神》的评价中，诗人认为《女神》值得称颂的是其体现出来的 20 世纪的"时代精神"，而《女神》严重的缺憾则是在"欧化底狂癖"中丧失了一种"地方色彩"："现在的新诗中有的是'德谟克拉西'，有的是泰果尔，亚坡罗，有的是'心弦''洗礼'等洋名词。但是，我们的中国在那里？我们四千年的华胄在那里？那里是我们的大江，黄河，昆仑，泰山，洞庭，西子？又那里是我们的《三百篇》，《楚骚》，李，杜，苏，陆？"诗人认为，新诗的理想状态是"做中西艺术结婚后产生的宁馨儿"。但是这一具有学理公允性的理想状态实际是一种无法完成的状态，因为诗人认为："近代精神——即西方文化——不幸得很，是同我国的文化根本地背道而驰的"，尽管闻一多强调"真要建设一个好的世界文学，只有各国文学充分发展其地方色彩，同时又贯以一种共同的时代精神"，但是"时代精神"与地方色彩之间始终有着难以弥合的话语裂缝，诗人认为若要纠正新诗中"欧化的狂癖"与"地方色彩的缺失"，首先"当恢复我们对于旧文学底信仰"，其次"更应了解我们东方底文化。东方底文化是绝对地美的，是韵雅的。东方的文化而且又是人类所有的最彻底文化"。[①] 因此，以西方现代文明为主体的"时

---

① 闻一多：《〈女神〉之地方色彩》，《闻一多全集》2 卷，118—123 页。

代精神"在被提出之后又被悬置了，而"地方色彩""东方文化"与"旧文学"则在同构的意义上成为最终地追求。源于当时民族危亡语境下，"文化"将被征服的深切忧虑，则使诗人对于诗歌实践与诗学理想更深地投入到传统之中。闻一多在 1925 年与梁实秋的通信中承认自己"诗风近有剧变"，"废旧诗六年矣。复理铅椠，纪以绝句"。与此相表里的则是诗人对于艺国的前途的设定："神州不乏他山石，李杜光芒万丈长。"① 这种完全转向传统寻求新诗发展的思路处于民族危亡的历史语境自然有其一定的合理性，而就新诗发展所需要的良性生态环境而言，显然是偏狭的，也不符合中国新诗发展的实际。

　　贯穿于闻一多诗学批评中的一个重要的建设性理论，同时也是与当时的新诗理论产生最大疏离效果的是对于诗歌节奏与格律的独到研究。在"诗体大解放"的潮流中，新诗"废除格律"已经赢得了时代激情并获得了启蒙时期的正义性价值，因此闻一多的逆向思维就显得更加可贵。闻一多作于清华时代的英文报告提纲《诗歌的节奏》中，已经清晰地表明诗人是以生理学、心理学、生物学以及人类学等多种现代科学为基础，来研究作为诗的内在质素的节奏（Rhythm）和韵律，这就大大超越了新诗革命时期的文白之争和古今之辨，进入到诗美的内在律的研究。针对当时已成定格的"废

---

① 闻一多：《致梁实秋》，《闻一多全集》12卷，223页。

除格律"的新诗主张，闻一多则从古今中外的审美实践中为被"打倒"的格律正名，进而提出了作为中国现代诗学的基石性理论——诗的三美主张：音乐的美、绘画的美和建筑的美。属于同一范畴的研究还有闻一多的《律诗底研究》，在这一古典诗歌研究领域中，闻一多用西方现代美学理念对中国的律诗进行审美分析，使属于中国传统诗歌的独特的美质在现代视阈中获得其应有的价值，颇显一种建设者的气魄。但是，当诗歌处于现代转型的突围期，"弃旧"依然是新诗不容懈怠的生存话题时，提倡格律，显然尚未获得一个成熟的语境，因此也无法取得更为显豁的效果，而且对于中国的新诗而言，"格律"也只是新诗发展中的一格，无法统摄新诗的全部，而格律之外的自由体诗同样体现着新诗现代转型的成功路向。同样，在中国新诗发展中，借西方以寻求文学艺术的现代转型恰是中国文学革命的一个重要方式，"欧化"一度成为"现代化"的同义语也是有其时代合理性的，对于"欧化"的一味追趋自然出现了李金发那样失败的诗歌类型，但是以冯至为代表的十四行诗恰是"欧化"成功的典型，因此，一概否定"欧化"的合理性价值显然有失公允。对于闻一多的诗学建构应该从中国新诗的整体发展脉络出发，既要看到其纠偏的一面，也不应回避其自身所产生的偏颇。

［原载《武汉大学学报》（人文科学版）2005 年 3 期］

闻一多新诗中的传统藻绘

发轫于"五四"文学革命浪潮中的新诗运动，以全力摒弃旧体诗词的束缚展现着一种新生的渴望，传统已经被界定为"陈词滥调"，新诗倡导者们更是对于旧文字、旧诗文避之唯恐不及。尽管新诗倡导者胡适认为，化用旧诗词是白话诗的一种革新途径，并率先进行了有意识的尝试，但是对于"五四"诸多新文学家而言，他们无一不是从传统文学的深刻浸淫中脱胎而来的，从旧革套中脱身，远比"化旧为新"的愿望要急切得多。直到 1920 年，俞平伯还无奈地慨叹自己的很多诗作都染上了很浓厚的旧空气："即以最近所做的而论，其中或还不免有旧诗词底作风。这足流露于不自觉的，我承认我自己底无力。"[1] 可见，在新诗创作中，诗人们宁失之于"白"，而不愿失之于"文"，目的即在于尽快摆脱旧物的缠绕。同样是深受"五四"影响而走上新诗创作道路的诗人，闻一多从一开始就走着一条与大多数"五四"新诗

---

① 俞平伯：《做诗的一点经验》，《新青年》1920年8卷4号。

人不尽相同的道路，他不但没有把传统的文化素养当作难以摆脱的"鬼气"，还把大量的传统藻绘、传统意象有意识地、大量地融入自己的新诗创作当中。这在"五四"新诗人当中是一条少有人尝试的冒险之路，走不好，不但不能化腐朽为神奇，还极容易陷入"骸骨之迷恋"的尴尬境地。

和"五四"时期很多新诗人一样，闻一多首先是一位全力提倡新诗而反对旧诗创作的新诗人："我诚诚恳恳地奉劝那些落伍的诗家，你们要闹玩儿，便罢，若要真做诗，只有新诗这条道走，赶快醒来，急起直追，还不算晚呢。"①闻一多从宏观的发展路向上肯定了新诗创作的同时，也并没有一棍子把旧诗打死，而是从美学上又找回了旧诗既存的价值："我并不是说做新诗不应取材于旧诗，其实没有进旧诗库里去见过识面的人决不配谈诗。旧诗里可取材的多得很，只要我们会选择。"②所以当闻一多开始新诗批评的时候，一方面是以新诗人的心态斥责着旧诗词残存的滥调，另一方面又以传统诗词淬砺过的审美眼光哀叹着新诗的苍白。针对《清华周刊》中新诗的粗率，闻一多提出了自己的修改建议：他认为把"叠叠的潭波光／和云尾粉红的浅霞，阻我同自然体会"一诗中的"潭"字改为"簟"字更为精当，其审美依据是李益曾经有诗"水纹珍簟思悠悠"，"以簟纹比波纹不独形相酷似且

---

① 闻一多：《敬告落伍的诗家》，《闻一多全集》2卷，38页。
② 闻一多：《评本学年〈周刊〉里的新诗》，《闻一多全集》2卷，51页。

能暗示水波底凉意"，并使音调更加和谐；他还主张把"浅霞"改为"薄绡"以体现一种透明的光感。[①] 由这番"洗刷"，很显然地透露出闻一多对于传统诗美、藻绘的钟爱。看似辞藻上的简单替换，却不自觉地导入一种传统诗歌的审美意蕴。闻一多的诗评始终有一个潜在的古典诗词的审美参照。因此，探究闻一多在新诗创作中对传统辞藻与意象的大量采撷，首先不能忽视的便是他所受到的深厚的传统诗歌、传统典籍的深刻浸染以及由此积淀成的审美情趣和审美定势。闻一多是以一个现代诗人的自觉要把这种古典的美有意识地、有选择地融入新诗的创作当中，闻一多认为"这种熔铸旧料的方法是没有害处的"[②]，只不过需要经过一番拣择的功夫。

闻一多始终努力要在"新诗"与"旧诗"之间寻求一种沟通，寻找"现代"与"传统"在审美资源上的共享和精神上的契合。闻一多认为"诗同一切的艺术应是时代底经线，同地方底纬线所编织成的一匹锦"[③]。他再三强调的"地方色彩"，在其诗学中可以直接置换为他所倾心的"浓丽的东方色彩"———一种由古老绚烂的传统文化所蒸馏出来的美质。他曾借 Mr. Duncan Phillips 的话赞赏斐芝吉乐所译莪默的诗所带给人的愉快正在于"隐约地露示一种东方的锦雉与

---

① 闻一多：《评本学年〈周刊〉里的新诗》，《闻一多全集》2卷，42页。
② 闻一多：《〈冬夜〉评论》，《闻一多全集》2卷，93页。
③ 闻一多：《〈女神〉之地方色彩》，《闻一多全集》2卷，118页。

象牙底光彩"①。闻一多认为《女神》严重的缺憾恰是在"欧化底狂癖"中丧失了一种迷人的"地方色彩":"现在的新诗中有的是'德谟克拉西',有的是泰果尔,亚坡罗,有的是'心弦''洗礼'等洋名词。但是,我们的中国在那里?我们四千年的华胄在那里?那里是我们的大江,黄河,昆仑,泰山,洞庭,西子?又那里是我们的《三百篇》,《楚骚》,李,杜,苏,陆?"闻一多认为若要纠正新诗中"欧化的狂癖"与"地方色彩的缺失",首先"当恢复我们对于旧文学底信仰,因为我们不能开天辟地(事实与理论上是万不可能的),我们只能够并且应当在旧的基石上建设新的房屋。二桩,我们更应该了解我们东方底文化。东方底文化是绝对地美的,是韵雅的"②。闻一多所一再强调的东方色彩与东方神韵显然是以传统文化与文学作为基石的,而这种论断从根本上讲是源自一种深沉的文化之爱。当然,这种传统之爱与新文化相反对的卫道者们"只知其然而不知其所以然的"盲目之爱不同,始终有着清醒的理智上的辨析,一个现代文人学者诗人的判断。诗人坚信中华文明的精髓便凝结于"二十四史里一切的英灵"身上:"有比历史更伟大的诗篇吗?我不能想象一个人不能在历史(现代也在内,因为它是历史的延长)里

① 闻一多:《莪默伽亚谟之绝句》,《闻一多全集》2卷,104页。
② 闻一多:《〈女神〉之地方色彩》,《闻一多全集》2卷,119页、123页。

看出诗来，而还能懂诗。"① 而要拯救"在悠久的文化的末路中喘息着"的国家灵魂必须要有"民族的本位精神"："我所指的不是掇拾一两个旧诗词的语句来妆点门面便可了事的。事情没有那样的简单。我甚至于可以说这事与诗词一类的东西无大关系。要的是对本国历史与文化的普遍而深刻的认识，与由这种认识而生的一种热烈的追怀，拿前人的语句来说，便是'发思古之幽情'。一个作家非有这种情怀，决不足为他的文化的代言者，而一个人除非是他的文化的代言者，又不足称为一个作家。我们既不能老恃着 Pearl Buck 在小说里写我们的农村生活，或一二准 Pearl Buck 在戏剧里写我们的学校生活，那么，这比小说戏剧还要主观，还要严重的诗，更不能不要道地的本国人，并且彻底的了解，真诚的爱慕'本位文化人'的人来写它了。"② 正是基于这样一种理智上的文化之爱，才见出闻一多并非是简单地采撷传统以炫淹博，而是要从中追索中华民族的文化精魂。

作为这一批评理论在创作上的实践，闻一多从一开始就下决心"要做新诗"，而且要是"中国的新诗"③。批评了"五四"新诗"过度欧化"的弊病，闻一多在自己的新诗中运用了大量具有东方色彩、东方神韵的藻绘与意象，从而成

---

① 闻一多：《致臧克家》，《闻一多全集》12卷，380页。
② 闻一多：《悼玮德》，《闻一多全集》2卷，186页。
③ 闻一多：《〈女神〉之地方色彩》，《闻一多全集》2卷，120页。

就了闻一多新诗独特的韵致。同是写到太阳，出现在郭沫若诗歌中的太阳是充满了动感的"二十世纪的亚坡罗""摩托车的明灯"（《日出》）"热烈的榴弹""Bacchus 之群"（《新阳关三叠》），而闻一多笔下的太阳则是充溢着东方情韵的"六龙骖驾的太阳""神速的金乌"（《太阳吟》）"像眠后的春蚕"（《你看》）"曦和"（《回顾》）；如果说出现在郭沫若笔下的"凤凰"是天方国的"菲尼克司"，那么闻一多笔下的"凤凰"则是"九苞凤凰"，是散发着古老神秘图腾色彩的中华神鸟。这些意象都是从中国历史、文化的库藏中拣选出来的，类似这样极具中国传统色彩的藻绘、意象在闻一多诗歌中俯仰皆是，通过这些藻绘，诗人与文化传统达成了一种神韵上的沟通和精神上的契合。这些藻绘意象，有的是直接引自传统的诗词歌赋，诸如"春梦、余痕、香雨、黛发、朱颜、断雁、离侣、清愁、霜林、冷雨、秋虫、柴扉、寒蕉、残灯、流萤、悲啼……"；有些明显源自古代神话中的典故，诸如"琼宫、琼瑶、太乙、鲛人、贝阙、紫霄、阊阖、九苞凤凰……"；还有一些则是传统历史、文化、文学等典籍中的典故，诸如"六合、长庚、楼船、胡尘、八极之表、肉坦负荆、卧薪尝胆、焦桐、楚囚、牛衣……"。这些古色古香的辞藻意象本身就凝聚了中国文化特有的色彩与馨香，闻一多在诗歌创作中飞驰自己的想象，借助这些绚烂而古典的意象与辞藻渲染了一幅幅或凝重绚烂，或凄清孤寂的情绪性画面，构织出了具有秾丽的"地方色彩"的现代诗篇。

古典藻绘的运用同样对闻一多诗歌的韵律起到了不可小觑的作用。闻一多认为"声与音的本体是文字里内含的质素；这个质素发于诗歌底艺术，则为节奏，平仄，韵，双声，叠韵等表象。寻常的语言差不多没有表现这种潜伏的可能性底力量，厚载情感的语言才有这种力量。诗是被热烈的情感蒸发了的水气之凝结，所以能将这种潜伏的美十足的充分的表现出来"①。闻一多在新诗创作中所采撷的这些古典藻绘都是存身于中国传统诗词歌赋中的辞藻，都是被古代诗人的情感蒸发后的凝结，是一种诗化了的辞藻。这些字词本身就已经内蕴着诗歌的音节之美。再加上这些藻绘往往是平仄相配的双音节词和多音节词，其错落有致的音调更增加了诗歌抑扬顿挫的节奏感，形成诗歌一种铿锵蕴藉的气韵。因此，传统藻绘本身所附带的音乐美与色彩美共同熔铸了闻一多诗歌的古典美。

传统藻绘的大量撒播给闻一多的新诗带来独特的东方神韵与地方色彩的同时，也不可避免地造成了一些负面的效应。

一是绚烂辞藻铺排所带来的堆砌与夸饰。有一些古典辞藻、典故的大量运用与诗歌本身所表达的内容有着直接的关系，如《李白之死》《渔阳曲》《南海之神——中山先生

---

① 闻一多：《〈冬夜〉评论》，《闻一多全集》2卷，64页。

颂》《我是中国人》等歌颂历史伟人、追慕中国伟大历史的诗篇，容易发思古之幽情，传统辞藻与意象的铺排与罗织也就显得自然而然、顺理成章。但是在另外一些题材的诗歌里刻意搜求大量华美的藻绘，则显示出一种夸饰的味道，例如在《秋色——芝加哥洁阁森公园里》对于秋色的赞美，诗人就用了"陵阳公样的瑞锦""土耳基底地毡""Notre Dame 底蔷薇窗""Fra Angelico 底天使画""波希米亚的生活""义山济慈底诗""蒲寄尼底 La Boheme""七宝烧的博山炉"等一连串古今中外的华彩词汇进行描摹，颇有堆砌之感。"铺彩摘文，体物写志"（刘勰：《文心雕龙·诠赋》）本是赋体的特征，在旧体诗的创作中，闻一多就曾调动自己广博的知识和夸饰的笔法极尽铺排之能事写过《马赋》《松赋》和《招亡友赋》。当闻一多创作新诗的时候，同样没有完全丢弃这种创作的记忆，或者说闻一多不自觉地把赋的笔法和审美格调转绘到自己的新诗当中，这种藻绘的过度铺排在《剑匣》《红荷之魂》《忆菊》《园内》等诗歌中都有着鲜明的体现，诸如"丽藻春葩""鸣泉漱石""玲鳞怪羽""仙花逸条""嚼火漱雾""抱霞摇玉""菱茨藻荇""珠箔银绦"等都是典型的"赋"的语言，这些语汇本身就展示着一种繁复与奢华，并进一步造成了诗歌的堆砌感。

二是词语的过分雕琢所带来的晦涩。闻一多曾经借鲁瑟提的诗来说明"美的灵魂若不附丽于美的形体，便失去他的美了"①。因此，闻一多在诗歌中特别讲究"洗刷"与"熔铸"的功夫，而且主张"用文言来周济贫窭的白话"②。对于中国"五四"初期的白话诗而言，"话怎么说，诗就怎么写"的主张固然带来新诗的非诗化弊端，但是，这一看似不具诗学常识的理论主张却正是中国新诗从传统中脱身的有效策略。过分的雕琢反倒容易远离了新诗"语体化"的革命路向，从而使新诗再度陷入旧诗词的圈套。在闻一多的新诗中，大量曾经被"五四"新文学倡导者指斥的"死文字"重新被起用，如"夜飔""田塍""精赤""律吕""曙天""禁闼""边徼""猜怯""飕飗""矜骄""朝暾""团圞"……，实际这些词汇在当时都有与之相对应的平实活泼的现代白话词可供利用，更不必说"玉箫牙板""轩馆台榭""浮图御苑""黄阙丹墀""太华玉井"等，早就随着历史成了永远的文字古董，失去了新鲜的生命力。因此，当闻一多本着"锤炼""精益求精"的诗美追求，执意从文化历史记忆的博物馆中搜罗这些雅致的典籍文字时，反而使新诗远离了"白话的鲜活"，而重归于"文言的晦涩与陈腐"，进而影响了诗美的自然呈现。这样，读闻一多的诗就要求读者不仅仅要能领略诗人的现代诗情，而且还需要具备丰富的传统文化典籍的知识，要深谙传统诗词、

---

① 闻一多：《评本学年〈周刊〉里的新诗》，《闻一多全集》2卷，42页。

② 闻一多：《莪默伽亚谟之绝句》，《闻一多全集》2卷，103页。

文化中的审美意象和典故，甚至还要对古文字、词语有相当的了解，这显然是与中国五四的白话诗运动相背驰的，这对于当时普遍深谙传统诗文的学者、诗人来讲，也许并非难事，而对于后来不断远离传统知识结构的人来讲，则显得颇为隔膜，尤其在今天，有些典故、词汇已经让人很费思量了。

三是旧词格调意境的腻烦。闻一多曾经在《〈冬夜〉评论》中批评中国式的词调和意象是粗率而简单的，但是这并不代表闻一多完全舍弃了旧词的意境和格调，相反，在他的新诗当中，随处可见旧诗词的印记，诸如"清愁""寒雁""冷雨""残灯""寒梅""枯藤""哀鸿"所表达的凄凉意境，由"朱梦""丹墀""玉杯""雕楹""象箸""绣屏""华堂"所营造的华美气氛，由"朱帘半卷""睡鸭焚香""春梦""香雨""朱颜""粉蝶""螺钿"所传达出的香软倦怠的格调，都在闻一多的新诗中时有展露。这些旧辞藻绘、意象的大量出现表明闻一多的诗在现代色彩中始终杂糅着难以割舍的旧诗词韵致，而这些藻绘意象所表征的单一的意境和固定的情绪，实际早就成了缺乏新意的滥调，从而造成一种格调上的腻烦。

闻一多在新诗创作中，始终向传统敞开着一扇想象之窗，从而形成了诗歌独有的色、香、味，这里的"色"点染着"玉唾""黛发""朱颜""粉颊"的秾丽与香艳；这里的"香"吹荡着"沉檀""琼醪""芳醴"的馥郁；这里的"味"

蒸腾着"银琖玉碟""燕脯龙肝"的奢华，这是沉淀在中国深厚的文化深层的色香味，既闪耀着绚烂瑰丽的东方神韵，又时时透露出千年锈蚀的气息。而正是这些情韵的杂糅，使闻一多的新诗在慷慨的时代主调中时常跳荡着柔婉的颤音，在肃穆瑰丽的情绪渲染中又时时反射着颓败的奢华。

梁实秋曾评价徐志摩诗的一个特点即是白话中夹杂着不少文言的辞藻："有人也许以为这是毛病，白话诗里何以要羼入这样多的文言辞藻？我倒不这样想。我以为，中国人以中国文字写诗，不可能完全摒弃前人留下的美妙的辞藻。白话诗和文言的旧诗，不可能有个一刀两断的分界线。须知白话里面也有成色之分，'引车卖浆'之流也有他们的白话，缙绅大夫也有他们的白话。各人教育程度不同，所使用的白话就有不同的词藻。我并不要在其间强分优劣。有时候使用粗浅的口语颇能传神，有时候要使用较雅驯的词句方能适当地表达意境。诗人手段高强，便能推陈出新，他有撷取文言词藻的自由。一味地使用粗浅的口语，并不一定就是成功的作品的保证。志摩使用文言词藻，我们不嫌其陈腐，因为他善于运用。他的国文有根底，有那么多的词藻供他驱使，新词旧语，无往不宜。"[1]

相比较徐志摩对于古典藻绘的使用，无论从深度上和广度上，闻一多都有过之而无不及。"度"的把握的恰当与否，

---

[1] 梁实秋：《谈徐志摩》，《梁实秋怀人丛录》，54—55页。

正是两个人诗歌的不同。

附录：

闻一多新诗中常用的传统藻绘：

龙烛	余脂	残火	六合	长庚	丹心	阊阖	雉扇
天律	楼船	胡尘	采帛	愁焰	琼宫	琼瑶	轩馆
台榭	灵风	云车	夜飔	田塍	干戚	雷文	篆烟
精赤	穹隆	律吕	玩琚	璧玺	苏瑛	凤蝶	韬藏
斩苃	凤阙	太乙	嫣笑	鞭驯	煽癫	绣裳	贽礼
双眉	玉影	曙天	心宫	禁囨	登极	残虐	驿红
沉檀	曦和	银箔	春梦	余痕	香雨	荣华	灵火
汪波	琼醪	馥郁	寡恩	掀簸	澈虚	金樽	浮沤
黛发	朱颜	粉蝶	倦致	宝笈	渊默	黛眉	朱扉
仇雠	血胤	火簇	龙衮	雏凤	馈仪	寸磔	愁肠
港溆	偃卧	狂飚	玉唾	鲛人	边徼	猜怯	笙歌
檀板	严憷	朱楼	鳌盏	吉辰	绣蟒	帝京	瑞锦
天孙	团圞	粉颊	断雁	黛漪	离侣	箆豆	清愁
凤钗	香篆	簟纹	彩凤	八极之表		丽藻春葩	

鸣泉漱石	玲鳞怪羽	仙花逸条	弛魂宕魄	鸾凤和鸣
血凝心洄	嚼火漱雾	太华玉井	抱霞摇玉	菱芡藻荇
哀荡淫热	珠箔银绦	六龙骖驾	胜境良朝	恣情屠烧
雪黯风骄	玉箫牙板	神速的金乌	（《红烛》）	

斑斓　寒雁　秕糠　千春　犹夷　芒鞋　霜林　冷雨

秋虫　柴扉　寒蕉　睥睨　负暄　锦鸭　峦障　垩壁

漪沦　罗绮　碧桃　朝暾　清籁　残灯　流萤　悲啼

罡风　遗孽　九苞凤凰　（《死水》）

箭镝　阶墀　栏柱　饮泣　瑞芝　桃颊　踜道　法驾

螺钿　跳踉　晶波　飔飉　牛衣　楚囚　画角　铜磬

雍穆　暮磬　华胄　肌腠　紫气　朱梦　丹墀　宴饮

鹤唳　吟蛩　玉杯　象箸　雕楹　惩斥　庭辱　画堂

庖厨　驰骤　巡狩　蹴踢　蠹蚀　绣屏　华堂　纱灯

焦桐　寒梅　枯藤　洪荒　圣德　鏖杀　赘疣　木壤

金罍　芳醴　旌旆　滮漫　鼍鸣　孺子　炎风　煽惑

龃龉　贝阙　哀鸿　珠花　衿怜　仪程　礌砰　馨香

俎豆　罅缝　羽翰　氛氲　矜骄　锦袍　优渥　火齐

文豹　衿严　婉娈　烟峦　曙壑　藜藿　膏粱　膂力

诛求　户枢　紫霄　金扉　浮图御苑　肉坦负荆

卧薪尝胆　雨打枯桐　银瑳玉碟　燕脯龙肝　寒泉汪涧

凤阙阶前　驻辇流连　放怀酣寝　朱帘半卷　睡鸭焚香

龙头泻酒　俯首锻翮　黄阙丹墀　孤臣孽子　杳恨冥愁

（《集外诗》）

　　　　〔原载《闻一多殉难 60 周年纪念暨国际学术研
讨会论文集》（武汉大学出版社 2007 年 3 月出版）〕

"诗中有画"的界限与适度:《秋色》

莱辛在著作《拉奥孔》中讲:"一门艺术的使命只能是对这门艺术特别适宜而且唯一适宜的东西,而不是其他艺术也能做得一样好,如果不是做得更好的东西⋯⋯谁若是用一把钥匙去劈柴而用斧头去开门,他就不但把这两种工具都弄坏,而且自己也失去了这两种工具的用处。"[①]莱辛所强调的是诗与画作为两种不同的艺术型类各自应守的界限。徐志摩则说:"要真正的鉴赏文学,你就得对于绘画音乐有相当心灵上的训练。"[②]徐志摩所说的则是几种艺术之间的相通。二者各取一端的说辞虽然看似片面,但是还要看不同话语自身语境的合理性。这两种说法都启示着我们在一个更深的层面思索不同门类的艺术在审美创造与展示中的守界与越界、相融与相斥的问题。

"诗中有画,画中有诗"历来是中国诗人、画家追求的

① 莱辛:《拉奥孔》,人民文学出版社1979年版,202页。

② 赵家璧:《写给飞去了的志摩》,赵遐秋主编:《徐志摩全集卷三·散文集(上)》,广西民族出版社1991年版,299页。

理想境界，这种诗情画意的审美追求同样延续到新诗当中。在中国新诗人中，把绘画与诗歌做了一种有意融合的当属闻一多。诗人时期的闻一多，其诗歌创作的高峰期也正是其绘画兴趣"膨胀"且成绩超拔之时（当然，闻一多对于诗歌的兴趣始终甚于绘画）。对于两种艺术的交替投入和双重热情使他很自然地既"以诗论画"，也"以诗入画"，并以"绘画美"作为其诗歌"三美理论"的重要基石。关于诗与画的融合在闻一多诗歌中的具体实践，论界多从正面的角度来阐释二者的相融、相通，尤其是绘画给诗歌带来的"诗中有画"的积极审美效应，而忽略了诗与画的应有的艺术界限，尤其是二者的混界给各自的审美造成的妨碍，即使在闻一多这位优秀的诗人画家手中也在所难免。

色彩，虽然已经成为诗与画的共有审美视阈，但从根底上讲，色彩依旧是绘画展示美感的基本介质。色彩作为一种物质性的存在往往是通过直截诉诸观者的视觉而激发美感的，而色彩入诗则是转而通过文字，诉诸人的联想，进而产生色彩美也即绘画美。尽管闻一多把诗中绘画的美设定为"辞藻"稍嫌简略，但却道出了诗歌表现绘画美的基本方式。色彩之美在闻一多诗中从来不仅仅是一种外在的、能够愉悦人眼球的"藻绘"之美，而始终是一种内在情绪的外达。闻一多讲："诗底真价值在内的原素，不在外的原素。"[1] 关于内

---

[1] 闻一多：《评本学年〈周刊〉里的新诗》，《闻一多全集》2卷，40页。

在的质素，闻一多特别强调的是幻象和情感，"感情"尤其关键，只达到"真挚"的程度是远远不够的，而是要达到"白热"。[1]闻一多讲，诗是被热烈的情感蒸发了的水气之凝结。"'言之无物''无病而呻'的诗固然不应作，便是寻常琐屑的物，感冒风寒的病，也没有入诗底价值"，"诗人胸中底感触，虽到发酵底时候，也不可轻易放出，必使他热度膨胀，自己爆裂了，流火喷石，兴云致雨，如同火山一样——必须这样，才有惊心动魄的作品。"[2]情感的深炽必然会催发出浓丽而繁密的意象，而意象的浓丽和繁密也必然是以炽热的情感作为自身存在的内在依据，真正富有诗情画意的诗歌应该是始终为情绪着色的。在闻一多的诗歌中，无论是色彩斑斓的菊花，还是鲜艳深情的红豆，无不是诗人燃烧着的思念之情的一种表征，即使将"翡翠""桃花""罗绮""云霞""珍珠"这些绚烂的色彩附着于"死水"之上，也无不是为了传达一种更强烈的厌恶之情。而一旦情绪在色彩中隐遁，也就无异于一种诗意的隐遁，这两种情况恰在《秋色——芝加哥洁阁森公园里》中同时呈现。在这首诗中，色彩的设置不可谓不丰赡，运色也不可谓不浓丽：紫得像葡萄似的涧水，翻起了一层层金色的鲤鱼鳞；几片剪形的枫叶，

---

① 闻一多：《〈冬夜〉评论》，《闻一多全集》2卷，84页。
② 闻一多：《评本学年〈周刊〉里的新诗》，《闻一多全集》2卷，40页、47页。

仿佛朱砂色的燕子；肥厚得熊掌似的棕黄色的大橡叶，在绿荫上狼藉着；成了年的栗叶，红着干燥的脸儿，笑嘻嘻地辞了故枝；白鸽子，花鸽子，红眼的银灰色的鸽子，乌鸦似的黑鸽子，背上闪着紫的绿的金光；三五个活泼泼的小孩，披着橘红的黄的黑的毛绒衫，在丁香丛里穿着；白杨树在石青的天空里；绿杨则照着碧玉池……秋天瑰丽的色彩几乎应有尽有，但却因为仅仅是色彩，几乎没有明显的情感析出，就使得"秋色"成了五光十色的油彩堆起来的一幅西洋画，观感十足。与诗歌的前半部分形成对照的是诗歌的后半部分——对于晨曦照耀中的秋树的描绘，虽然依旧承继着先前的斑斓色彩，但是却因为字里行间充盈了诗人浓厚的情绪而使色彩不再仅仅是色彩自身，而是浓郁的诗情。无论是绚缦的祥云，还是金碧辉煌的帝京，所附着的富丽色彩已经不是物象实有，而是"幻象"的色彩，是"秋树"激发的想象，因而既呈现出一种超越真实的玄秘性，又历历地呈露于读者底眼前，这是诗人驰骋想象的结晶。随后，诗人更高高地跨上幻想的狂恣的翅膀遨游："陵阳公的样瑞锦，/土耳基底地毡，/Notre Deme 底蔷薇窗，/Fra Angelico 底天使画/都不及你这色彩鲜明哦！"至此，诗人的情绪已由蕴蓄饱满而膨胀而爆裂：

　　啊！斑斓的秋树啊！

我羡煞你们这浪漫的世界，
这波希米亚的生活！
我羡煞你们的色彩！

哦！我要请天孙织件锦袍，
给我穿着你的色彩！
我要从葡萄，橘子，高粱……里
把你榨出来，喝着你的色彩！
我要借义山济慈底诗
唱着你的色彩！
在浦寄尼底 La Boheme 里，
在七宝烧的博山炉里，
我还要听着你的色彩，
嗅着你的色彩！

哦！我要过个色彩的生活，
和这斑斓的秋树一般！"

因为有了这种浓烈的情绪，而使得一切绚烂的色彩都有
了附丽，从而成为"可想的"而不仅仅是"可看的"。

闻一多一再强调真诗无不产生于"炽烈的幻象"①，而他所说的"幻象"并非等于"幻想"，也不简单地等于诗歌中的"意象"，而是由幻想和情感共同凝聚而成。《秋色》的后半部分正是由情感和幻想共同蒸腾出来的浓丽的色彩，因此，《秋色》的前半部分是更适合于画，后半部分更属于诗，这种神秘而瑰丽的幻象之美，根本是属于诗的，和画却有着相当的隔膜。

对于色彩，闻一多是偏喜"浓丽"一格的，并以此评品诗歌。对于让他欣喜若狂的诗人 John Gould Flectcher 的诗歌，他曾无限钦服地赞叹："他是设色的神手。他的诗充满浓丽的东方色彩……佛来琪唤醒了我的色彩的感觉。"他赞赏梁实秋的诗同样是因为它"浓丽的象济慈"②。而他不满当时的新诗，也是因为"他们诗中很少浓丽繁密而且具体的意象"③。但是，无论是对于诗还是对于画，色彩运用过度，由浓丽达到浓缛，那么繁密堆砌的色彩与线条难免会斫伤艺术的美感。《秋色》即存在这一问题，诗中设色的繁复感在于每一个自身就具有鲜明色彩的意象又都附加了至少一个富有色彩的隐喻，造成色彩的混染和线条的堆叠：葡萄似的紫色是涧水的颜色，金色的鲤鱼鳞则是涧水波浪的另一种色

---

① 闻一多：《评本学年〈周刊〉里的新诗》，《闻一多全集》2卷，41页。

② 闻一多：《致梁实秋》，《闻一多全集》12卷，118页、128页。

③ 闻一多：《〈冬夜〉评论》，《闻一多全集》2卷，69页。

彩，这样紫色与金色两种极具光感的颜色就同时跃动于涧水
上；剪形的枫叶仿佛朱砂的燕子，朱砂色不但没有代替燕子
本来的黑色，反而使两种颜色相重叠；再如：大橡叶肥厚得
像熊掌；穿梭在丁香丛中的孩子们好像戏浮萍的金鱼儿；消
瘦的白杨是黄浦江上林立的帆樯；倜傥的绿杨像位豪贵的公
子，裹着件平金的绣蟒……这种比喻不但使不同的色彩多次
重叠，而且使线条过于纷繁。比喻本来是为了能使意象得到
更为生动的表达，而硬性设比反而损害了本来明晰的意象自
身，例如，诗人把黑色的鸽子比喻成乌鸦，反倒使得鸽子，
这个充满美感的意象失却了它的寻常美感而显得怪异。此
外，多重设比有时叠床架屋，乃至令人忘却了本体，使喻体
喧宾夺主，比如对于晨曦照耀中的秋树，如果剔除其后的情
感支撑，但就其设喻而言，也有同样的弊端：诗人首先把朝
阳映照中反射着黄金、赤金、白金光芒的秋树比喻成绚缦的
祥云——琥珀的云，玛瑙的云，灵风扇着，旭日射着的云；
其后，诗人又把秋树比喻成"紫禁城里的宫阙"，其后展开
的对于辉煌的帝京的描绘则成为本节的主体："黄的琉璃瓦，
绿的琉璃瓦；楼上起楼，阁外架阁……小鸟唱着银声的歌
儿，是殿角的风铃底共鸣。"重重叠叠的色彩、线条、比拟
与设喻几乎覆盖了本体自身。无疑，这些描绘都是色彩绚美
而美感十足的，但是用诸多描写加诸一种意象——秋树，则
有些失度，几乎达到了一种"描绘的狂热"，反而使诗情在

浓丽到浓缛的色彩覆盖中透不过气来，这正是设色的过分
堆叠所造成的负累。这样，《秋色》中意象、设喻的铺排与
堆砌以及色彩、线条的浓缛与杂陈使"秋色"无异于一种
展览，过于刻露的展览自然影响了诗应有的深远意蕴。闻一
多自己曾讲，诗的妙趣在于"不可捉摸之神韵"，在于"言
有尽而意无穷"。① 而《秋色》正是以对秋色的"尽言"挤跑
了"意"的无穷神韵。所以连诗人自己曾经也意识到："《忆
菊》，《秋色》，《剑匣》具有最浓缛的作风。义山、济慈的影
响都在这里；但替我闯祸的，恐怕也便是他们。"②

　　中国传统绘画中把"气韵生动"作为六法之首，并以此
评判画品之高下："人物以形模为先，气韵超乎其表；山水
以气韵为主，形模寓乎其中，乃为合作。若形似无生气，神
彩至脱格，皆病也。"③ 绘画追求的是形模逼真之上的神韵，
就"气韵生动"这一点而言，诗与画有兼容的一面，但是二
者所经由达到的手段则有所不同。就绘画来说，画面构图的
有限性和凝定性也决定了其诉诸视觉的动感是给定的和有限
的。歌德在《论拉奥孔》中，为使这幅伟大的雕塑能在眼前
活动起来，他认为应该这样欣赏它："可以让一个人站在雕
像前面相当距离的地方，闭上眼睛；然后，睁开眼睛又立刻

---

① 闻一多：《答吴景超》，《闻一多全集》12卷，156页。
② 闻一多：《致梁实秋》，《闻一多全集》12卷，124页。
③ 沈子丞：《历代论画名著汇编》，文物出版社1982年，275页。

再闭上。用这种方法，他就会看见整个石像动了起来，他会害怕当他再睁开眼睛时整个这群人会改变了样子。可以这样描写雕像目前的神态，它好比一条凝住了的闪光，一道在冲向岸边的一刹那间化为石头的水波。如果在火炬的光中来默想这群人像，也会产生同样的效果。"[1] 歌德所推荐的这种煞费苦心的欣赏方式从反面说明了一些相对静止的艺术，如雕塑和绘画等产生动感的局限性。绘画需要诉诸空间的色彩和线条来展现的动态，在诗中则是运用时间链条上的文字，"运动通过文字来表达，比起颜色和形体通过文字来表达，会较为生动，所以诗人要想把物体对象写得栩栩如在目前，他宁可通过运动而不通过颜色和形体。"[2] 这无异于说绘画在运用颜色和形体上有着更为得天独厚的优势，但是"绘画的旨趣非借具体的物象来表现不可，诗却可以直接达到它的鹄的"[3]。因为好的诗人更善于捕捉那题材的精神。比如，中国《诗经》中对于美人的描绘：手如柔荑，肤如凝脂，领如蝤蛴，齿如瓠犀……尽管这些设喻通俗而逼真，但仍然无法使人构成一副真切的美人形象，恰恰是"巧笑倩兮，美目盼兮"简短的两句，便使一个美人的风采呼之欲出了。由此，我们同样可以理解为何诗人闻一多在《秋色》中的前半

---

① 歌德：《论拉奥孔》，《古典文艺理论译丛》，人民文学出版社1964年版，108页。

② 莱辛：《拉奥孔》，183页。

③ 闻一多：《先拉飞主义》，《闻一多全集》2卷，157页。

部分动用了这么多的意象、比喻、想象以及富有色彩的华丽的辞藻，却很难把捉到秋天的神韵，正是因为这些色彩线条更多的是一种静态的展览。相比照而言，闻一多创作于同一时期的其他描写秋天的诗则显得气韵生动而妙趣横生，关键即在于诗人摒弃了用诗来描写风景的线条和色彩这种费力不讨好的方式，肖像和风景根本也是不容易文学化的，转而寻求诗之所长——通过文字来表现"动态"。《秋之末日》并没有一一描写晚秋的景色，而是直接赋予"晚秋"①一种浪子的人格：这不是一个正值初秋收获时节的浪子，而是已经走到"末日"之秋的浪子：

> 和西风酗了一夜的酒，
>
> 醉得颠头趺脑，
>
> 洒了金子扯了锦绣，
>
> 还呼呼地吼个不休。
>
> 奢豪的秋，自然底浪子哦！
>
> 春夏辛苦了半年，
>
> 能有多少的积蓄，
>
> 来供你这般地挥霍呢？
>
> 如今该要破产了罢！

————————

① 本诗最初出现在与梁实秋的通信中题为"晚秋"。

一个临近冬天的晚秋，他的金碧辉煌一夜之间就被西风扫荡殆尽了，夏花飘零，草叶枯萎，满目凄凉。诗人把展示着最后一点儿辉煌的末日之秋比喻成奢豪无度、即将破产的浪子，出人意表的奇警，晚秋的神韵也随之呼之欲出。《废园》则是借助动感意象"蜜蜂"来描摹废园花草零落的凄凉与悲哀：

> 一只落魄的蜜蜂，
> 像个沿门托钵的病僧，
> 游到被秋雨踢倒了的
> 一堆烂纸似的鸡冠花上，
> 闻了一闻，马上飞走了。
>
> 啊！零落底悲哀哟！
> 是蜂底悲哀？是花底悲哀？

一个花草委顿的园子，蜜蜂是沿门寻觅斋饭的病僧，碰到的却是被秋雨踢倒如一堆烂纸似的鸡冠花，真是蜂也悲哀，花也悲哀。整篇诗没有出现一个"秋"字，但是却处处暗示着秋的零落。诗人所摄取的两个生动的小意象使得全诗不但未被零落的情绪覆盖，反而显得灵动、滑稽又带有点儿无奈和伤感。同样是写秋天，上述《秋之末日》和《废园》远胜于《秋色》之处，正在于诗人守住了诗与画的界限，把线条、色彩表达的专长还给了绘画，而运用文字展现动态——情绪的动态与意象的动态，通过暗示使诗歌的无穷韵味回归于自身。莱辛讲："诗想在描绘物体美时能和艺术争胜，还可以用另外一个办法，那就是化美为媚。媚就是在动态中的美，因此，媚由诗人去写要比由画家去写较适宜。画家只能暗示动态，而事实上他所画的人物都是不动的。因此，媚落到画家手里，就变成一种装腔作势。但是在诗里，媚却保持住它的本色，它是一种稍纵即逝而却令人百看不厌的美。它是飘来忽去的。因为我们要回忆一种动态，比起回忆一种单纯的形状和颜色，一般要容易得多，也生动得多。"① 这从一个方面说明了诗与画的界限。《秋色》中前后两段诗情的强弱，《秋色》与《秋之末日》《废园》诗意的差异，正是源于这种动与静、看与想的界限。闻一多自己也曾讲："文学的工具根本是富于精神性的"，"这种捉拿生魂的神通，绝不是画家梦想得到的。"②

（《贵州社会科学》2005 年第 2 期）

---

① 莱辛：《拉奥孔》，121页。

② 闻一多：《先拉飞主义》，《闻一多全集》2卷，158页。

隐抑之美：《奇迹》

闻一多讲："诗是被热烈的情感蒸发了的水气之凝结。"

能够真正蒸腾出真诗的"白热"的情感，唯有"爱情"。闻一多说："严格地讲来，只有男女间恋爱底情感是最烈的情感，所以是最高最真的情感。"[1]这也从另一个侧面证明了为什么最能激荡人心弦的诗往往是情诗。对于诗歌情感的抒泻方式，当年诗心正浓、诗情高昂的青年闻一多有过这样一番表述："诗人胸中底感触，虽到发酵底时候，也不可轻易放出，必使他热度膨胀，自己爆裂了，流火喷石，兴云致雨，如同火山一样——必须这样，才有惊心动魄的作品。"[2]闻一多所说的这种火山喷发的抒情方式在五四时期表征着一个浪漫抒情时代，尤其鲜明地体现在以郭沫若为代表的创造社文学实践当中。而闻一多自己的诗歌，却并没有这种火山喷发、岩浆奔涌的无节制状态。不加理性提炼的情感是没有

---

① 闻一多：《〈冬夜〉评论》，《闻一多全集》2卷，89页。

② 闻一多：《评本学年〈周刊〉里的新诗》，《闻一多全集》2卷，47页。

力度的。这一方面和诗人当时提倡用格律节制泛滥的诗情有着内在一致性，另一方面也与诗人自身的情感存在和表达方式相关："我只觉得自己是座没有爆发的火山，火烧得我痛，却始终没有能力（就是技巧）炸开那禁锢的地壳，放射出光和热来。"[1] 闻一多的诗情总是在不断地浪涌中克制，又不断地在收束中涌浪，构成一种带有痛感的隐抑之美。尤其体现在《奇迹》当中。

诗起首便是连续五个否定性的申述：

> 我要的本不是火齐的红，或半夜里
>
> 桃花潭水的黑，也不是琵琶的幽怨，
>
> 蔷薇的香；我不曾真心爱过文豹的矜严，
>
> 我要的婉娈也不是任何白鸽所有的。
>
> 我要的本不是这些……

这种不容喘息的否定性陈说是诗人彻夜痛苦思量的结果，是沉默许久后的一次言说，是诗人辗转冥想后的一种彻悟，也是一种宣布并夹杂着对现实的无奈——现有的一切都不足以慰情！这样一种表达方式一下子便造成了一种热切的

---

[1] 闻一多：《致臧克家》，《闻一多全集》12卷，381页。

心理期待：火齐的红，① 半夜里桃花潭水的黑，琵琶的幽怨，蔷薇的香，文豹的矜严，白鸽的婉娈，诸多能够悦人视、听、观、感的人间的珍异、神秘的美质都被诗人一一弃绝，诗人所要的是什么呢？至此，一种痛楚与热望交织的情感蓄势得以形成。正是在层层否定的极致之上，诗人要肯定的东西自然而然地达到一种更为显豁的澄明：

　　我要的本不是这些，而是这些的结晶，

　　比这一切更神奇得万倍的一个奇迹！

　　诗人心中渴望的是一个"奇迹"。与这个"奇迹"相比，这些世间的宝石、奇景……一切的一切都显得太庸琐、太平凡了，它是无法具象化的一切美的结晶。

　　以"奇迹"的出现作为第一个情绪层次，诗人蕴蓄的情绪得到第一次抒泻。随后情绪逆转：在等不及你到来，等不及奇迹的来临之前，只能拿那些"平凡"来供养饥饿的灵魂。

　　　　可是，这灵魂是真饿得慌，我又不能

　　　　让他缺着供养，那么，即便是秕糠，

---

　　① 在一些《奇迹》的解读中，一般都把"火齐的红"直接解释为火的红，本文认为"火齐（音计）"应该理解为"宝石"，《文选·左思〈吴都赋〉》中有："火齐如云母，重沓而可开，色黄赤似金，出日南"，又班固：《西都赋》："翡翠火齐，流耀含英。"李善注引《韵集》："玫瑰，火齐珠也。"

你也得募化不是？天知道，我不是
甘心如此，我并非倔强，亦不是愚蠢，
我是等你不及，等不及奇迹的来临！
我不敢让灵魂缺着供养。谁不知道
一树蝉鸣，一壶浊酒，算得了什么？
纵提到烟峦，曙壑，或更璀璨的星空，
也只是平凡，最无所谓的平凡，犯得着
惊喜得没有主意，喊着最动人的名儿，
恨不得黄金铸字，给妆在一只歌里？
我也说但为一阕莺歌便噙不住眼泪，
那未免太支离，太玄了，简直不值当。
谁晓得，我可不能不那样：这心是真
饿得慌，我不能不节省点，把藜藿当作膏粱。

　　灵魂渴望的本是"奇迹"的滋养，可是在"奇迹"降临之前，诗人不能让灵魂失去生息，只能暂时用这些凡庸来供养，拿它们与"奇迹"相比，不啻藜藿与膏粱。诗人的痛苦在于，明知这些都是不值得激动的平凡，却又不得不接受它们的供养，不甘于此又不得不如此的无奈，使灵魂陷入饥荒："这灵魂是真饿得慌！""这心是真饿得慌！"诗人两次申述心魂的饥饿，我们仿佛听到了灵魂饥饿的呻吟，看到了灵魂饥饿的眼神，这是诗人对"灵魂伴侣"的恳求。闻一多在《诗经》和神话研究中即认为："男女大欲不遂为'朝饥'或简称'饥'"，"'朝饥'的饥自然指情欲，不指腹欲。"[1] 那么，"灵魂之饥"显然是基于自然欲望而又超越其上的，具有了更为深邃向上的精神维度。诗歌至此再度积蓄了一种情绪——"饥饿"，以及摆脱这种"灵魂饥饿"的深切渴望，从而形成了诗歌的情绪张力，自然进入情绪抒泻的第二个层次：这些平凡的供养是否会使灵魂灵性尽失，使它与奇迹的遇合之途变得更加遥远呢？不，灵魂并未在这些平凡中锈损，就在这藜藿与秕糠的供养中，灵魂的灯被继续点亮着，而且在饥饿中更加敏锐了对奇迹的渴望。

> 可也不妨明说，只要你——
> 只要奇迹露一面，我马上就放弃平凡，
> 我再不瞅着一张霜叶梦想春花的艳，
> 再不浪费这灵魂的瞽力，剥开顽石
> 来诛求碧玉的温润；给我一个奇迹，
> 我也不再去鞭挞着"丑"，逼他要
> 那分儿背面的意义；实在我早厌恶了
> 那勾当，那附会也委实是太费解了。
> 我只要一个明白的字，舍利子似的闪着
> 宝光；我要的是整个的，正面的美。

---

① 闻一多：《高唐神女传说之分析》，《闻一多全集》3卷，4页。

这次奇迹的露面只是一个设想，是饥饿状态中的幻想，因此，这个想象，作为饥饿情绪的缓解也便成了一个假象：那一切梦想要做的——放弃一切的平凡，追随那舍利子般闪着宝光的美，在呈现的同时实际又被剥夺，因为，奇迹并没有真实来临！因此，这次情绪看似一种缓解，实际是潜在地加强，就在这种蓄势中，诗歌进入第三个层次——静候奇迹的降临：

> 我并非倔强，亦不是愚蠢，我不会看见
> 团扇，悟不起扇后那天仙似的人面。
> 那么
> 我等着，不管得等到多少轮回以后——
> 既然当初许下心愿时，也不知道是多少
> 轮回以前——我等，我不抱怨，只静候着
> 一个奇迹的来临。

因为"奇迹"曾经赐予的那转瞬即逝的回眸一笑、那桃花扇后的仙颜，已经铸就了永不磨灭的记忆，于是诗人把静候那个"奇迹"看作自己的一种宿命，一种对前生誓愿的虔诚践行，这也是使灵魂得以与奇迹遇合、得以重生的必由之途。

倘若有人问：你知道地狱里的魔鬼是怎样折磨灵魂的

吗？回答是：让他期待着。"期待"使灵魂处于一种在盼望中绝望，在绝望中又生盼望的煎熬当中。而诗人却主动让这种"期待"成为一种生命存在方式，在炼狱中历练自己的灵魂。

"总不能没有那一天"，这是期待中的灵魂一种倔强地认定——那一天必然会来。

> 让雷来劈我，火山来烧，全地狱翻起来
> 扑我，……害怕吗？你放心，反正罡风吹不熄
> 灵魂的灯，情愿蜕壳化成灰烬，
> 不碍事：因为那——那便是我的一刹那

诗人以甘心焚毁一切的悲怆与欢欣等待着与奇迹的遇合。由此，奇迹的来临不再是给予的，诗人也不再是静静地等待，而成了灵魂的主动求取与创造：在雷劈、火烧，在地狱的烤炼中把尘世躯壳焚毁，让灵魂脱壳飞升。与奇迹的相遇旅程，同时也变成了灵魂自我焚炼的痛楚历程。整篇诗歌的情绪在这里达到一个最强烈的状态，接近爆裂的临界点。但是并没有炸裂，接下来却呈现了一个最温馨、最宁静、最肃穆的场景——诗人所期待的奇迹"猝然"降临。

> 一刹那的永恒：——一阵异香，最神秘的

　　　　肃静，（日，月，一切星球的旋动早被
　　　　喝住，时间也止步了，）最浑圆的和平……
　　　　我听见阊阖的户枢耊然一响，紫霄上
　　　　传来一片衣裙的綷縩——那便是奇迹——
　　　　半启的金扉中，一个戴着圆光的你！

　　炼狱过后，天堂的门终于慢慢开启了：所有爱恋、痛苦与期待都得到了报偿——奇迹降临了！灵魂与奇迹遇合，灵魂与灵魂晤面，神秘而亲切，温馨而永恒。这是灵魂在浴火后的升华，是燃烧后的净朗与鲜美，是在刹那间得到的永恒，恋人在彻悟中变成了哲人。全诗层层蕴蓄舒卷的情绪最终在这浑圆和平的境界中得到最宁静的化解，诗人秀丽与雄浑沉劲的性格获得了有形的诗性展现。①《奇迹》的震颤心弦正是通过这一浪涌过一浪的情绪舒卷而完成的，不是情感的喷薄之美，而是情绪的隐抑之美。

　　《奇迹》的隐抑之美从根底上讲并非来自诗人所大力主张的格律诗形的外在限制，恰恰相反，谨严而凝练的诗形正是诗人内在的隐抑情绪的外化。②诗人的情感密度之大是有

---

　　① 闻一多在《致闻家驷》的信中讲："从前受梁实秋底影响，专求秀丽……现在则渐趋雄浑沈劲，有些象沫若……其实我的性格是界乎此二人之间。"（见《闻一多全集》12卷，162页）
　　② 诗人本意是要成就一首谨严的商籁，见《致朱湘、饶孟侃》，《闻一多全集》12卷，108页。

目共睹的，而全诗只有四十八行，这样短的诗行容纳了如此强度与密度的情绪，必然会使诗歌具有纯钢一样的醇正和精粹，这是从诗人的情感煎熬中锻炼出来的品质。

《奇迹》从最单纯的角度讲，是一首爱情诗。这种爱情的无比深切与神秘最终使其远远超越了带有个人痕迹和体验的男女情爱，具有了一种抽象的哲理性和神性，但是这种哲理性是不期而至的。诗中深沉的爱首先来自它无可言说的状态，从而形成一种带有创痛感的隐抑之美。与同时代的很多诗人一样，闻一多是在传统的家庭中成就了自己的婚姻，1922 年 2 月，就读于清华大学的闻一多奉命回家与自己姨妹高孝贞女士结婚，"反对跪拜，行鞠躬礼。展民先生说：'犹忆新婚之夕，贺者盈门，汝握卷不即出，促汝而礼成'。"[①] 此间透露的信息很明显，生长于旧式大家庭又受过新思想洗礼的闻一多对旧式婚姻本身有一种反感，这种情绪在当时的书信中也有所坦言，但这并不妨碍他与妻子在艰苦的岁月中慢慢建立起来的温情乃至愈久弥深的感情。而在那个新潮涌动的青春时代，"自由恋爱"的痛苦与甜蜜曾经撞击着每一个青年。我们深信，闻一多也曾在一个特殊的时期陷入过一场浪漫恋情。只不过与同时代的徐志摩、郭沫若、郁达夫等对待自由恋爱尽情追求的张扬姿态不同，闻一多却痛苦地徘徊于爱与不爱之间，思量甚于行动，不敢充当轰轰烈

---

① 《闻一多先生年谱》，《闻一多全集》12 卷，473 页。

烈的爱情主角，当令他欣羡、苦苦渴望的爱情真的站在门外时，闻一多又痛苦地关闭了情感的闸门：

你莫怨我

你莫怨我！
这原来不算什么，
人生是萍水相逢，
让他萍水样错过。
你莫怨我！

但是人非草木，孰能无情？情感的闸门随时能够打开，让洪流倾泻，于是，诗人恳求：

你莫问我！
泪珠在眼边等着，
只需你一句话，
一句话便会碰落，
你莫问我！

但是终究，诗人给情感的闸上了一道锁：

你莫管我！

从今加上一把锁；

再不要敲错了门，

今回算我撞的祸，

你莫管我！

诗人最终把这种人间最炽烈的情感紧紧压抑在心底。如果把这种情感处理方式仅仅理解为是对传统文化的拘守乃至"对现代性爱有着可悲的理解"，这就不仅误解了一个热情而深刻的诗人，也简化了人性。① 闻一多的这种情爱方式，更多的来自他的性格——当然，文化也是铸造性格的一个重要质素——诗人对自己性情中的矛盾也深知，所以，对于郭沫若以及田汉的性情，闻一多是相当激赏的，但他也意识到："我每每同我们的朋友实秋君谈及此二君之公开之热诚，辄为之感叹不已。我生平自拟公开之热诚恐不肯多让郭田，只是勇气不够罢了。"② 由于性情原因，所谓的浪漫生活给诗人造成的精神冲击也是痛苦多于甜蜜："实秋啊！你同景超从前都讲我富于浪漫性，恐怕现在已经开始浪漫生活了。唉！不要提了！……浪漫'性'我诚有的，浪漫'力'却不是我

---

① 刘席珍把闻一多的这种婚姻情感的处理方式理解为"现代个性意识一时薄弱，传统的依附性婚姻观念和依附性人格，自然而然地存留于他的身心"，甚至归结为"诗人因为对传统文化的情感浓度过大，所以他对传统文化不能做出准确的价值判断。"——《论闻一多的爱情诗与传统文化》《闻一多研究丛刊》第2集，武汉出版社1998年版，205—207页。

② 闻一多：《致梁实秋》，《闻一多全集》12卷，41页。

有的。"① 同时这种情感处理方式更来自人所共有的责任与情感、现实与理想、此情与彼情的必然矛盾，这种矛盾往往是超越具体时代的恒有话题，正如他自己讲的："情绪与理智之永相抵牾，此生活之大问题亦即痛苦之起源也。这种痛苦我们微弱的人们只好忍受着而已。"② 只不过对于闻一多这样热烈而深沉的诗人来得更痛苦罢了。闻一多还有一首爱情诗是用英文写成，题为"相遇已成过去"，这是典型的"闻一多式"的爱情和爱情诗。

> 欢悦的双睛，激动的心；
> 相遇已成过去，到了分手的时候，
> 温婉的微笑将变成苦笑，
> 不如在爱刚抽芽时就掐死苗头。

> 命运是一把无规律的梭子，
> 趁悲伤还未成章，改变还未晚，
> 让我们永为素丝的经纬线；
> 永远皎洁，不受俗爱的污染。

> 分手吧，我们的相逢已成过去，

---

① 闻一多：《致梁实秋》，《闻一多全集》12卷，139页。
② 闻一多：《致闻家骃》，《闻一多全集》12卷，191—192页。

任心灵忍受多大的饥渴和懊悔。

你友情的微笑对我已属梦想的非分，

更不敢企求叫你深情的微唱。

将来有一天也许我们重逢，

你的风姿更丰盈，而我则依然憔悴。

我的毫无愧色的爽快陈说，

"我们的缘很短，但也有过一回。"

我们一度相逢，来自西东，

我全身的血液，精神，如潮汹涌，

"但只那一度相逢，旋即分道。"

留下我的心永在长夜里怔忡。

——许芥昱译，原载 1981 年 4 月《诗刊》

　　梁实秋回忆说："一多的这一首英文诗，本事已不可考，想来是在演戏中有了什么邂逅，他为人热情如火，但在男女私情方面总是战战兢兢的在萌芽时就毅然掐死它，所以这首诗里有那么多的悲怆。"[①] 这种痛苦不仅仅是人格上的无力，而是在责任与自律的考虑中体现着更强的抑制力和动人的情。诗人已经不可能如平时那样毫无顾虑的，放恣地倾诉着

_____

　　① 梁实秋：《谈闻一多》，台北传记文学出版社1967年，56页。

自己"着了火的相思",痛吟"爱人啊！叫我又怎样泅过这时间之海？"而今只能把这份情深炙于心中，慢慢地发酵，直到言说都成为痛苦，这是一种刻骨铭心的爱。

大概对于每个人而言，无论是热爱还是失爱，只要能说出来，得到倾诉与舒泄，便是一种幸福，即使是像郁达夫《沉沦》中的青年那样哭喊着无爱的悲哀，也总算为自己郁结的情感找到了发散的途径。而当一种爱，不可言说、无处倾诉，不断郁积却要竭力克制时，就必然构成一种深切的隐抑之痛，也许只有等到那禁锢着爱情的肉身被烧毁后，进入了一个灵的世界，这种爱情才能得到释放——让它在灰烬中自由地闪着舍利子的宝光。在《奇迹》中，没有出现一个"爱"的字眼，（诗中仅有的一个"爱"字是以否定的形式出现的："我不曾真心爱过文豹的矜严"）但是诗人的不言说却处处体现着一种比表达出来更为炽烈的深情。这个"爱"，一旦说出口，便会被窒息了灵性，由灵芝便成黑菌，这种爱，只合放在心田中用心血来滋养，凝结成一个"奇迹"。诗中有三次欲言又止的模糊性、双关性表达：（1）"我是等你不及，等不及奇迹的来临"；（2）"只要你——只要奇迹露一面，我马上就放弃平凡"；（3）"那便是奇迹——半启的金扉中，一个戴着圆光的你！""你"字背后所潜指的既是心中渴望的那份爱情，也是自己所爱的伊人。在诗中诗人并没有把二者并置，而是转而又去指向"奇迹"，实际上，在诗人心中，奇迹既是爱的一种隐曲表达，也是爱在诗人心中的升华。此外，在诗中还有一次临界性表达："我只要一个明白的字，舍利子似的闪着宝光。"这个明白的字显然便是"爱"，但是这个字眼已经到了唇边，诗人又咽了回去，而说："我要的是整个的，正面的美。""爱"始终未被说出口，而代之以"美"，于是，爱、美、奇迹融为一体，爱得到了一种灵性的升华。这种延迟性表达在欲言又止中让人深切体会到诗人的隐忍、克制，也使得全诗呈现出一种带有痛感的隐抑之美。

构成《奇迹》隐抑之美的另一维度是"否定性"的表达方式，全诗共四十八行，其中有"不"字构成的否定句共有二十九句，另外还有用"非"或者从语气上构成否定的，如"算得了什么""犯得着"等构成的否定句式共四句。诗人所渴望的"奇迹"，所想要弃绝的"平凡"，正是在这种否定性言说中得到了一种更为强烈的肯定性表达。诚然，所谓的"奇迹"，往往是人们对现实中不可能实现的事件的一种渴望。这种在现实生活中无法实现的爱，也只有在现实的躯壳化成灰烬后，在天堂中得到兑现，得到表达，得到补偿，这是全诗最大的、最根本的一个情感隐抑与痛楚。

整个诗篇就在这层层递进的情绪舒卷中形成这样的一种抒泻特征：最决绝的否定与最坚定的期待相表里；最饱满的蕴蓄与最深沉的凝铸相结合；最热烈的燃烧与最温馨的抒

情相融合；最痛楚的隐抑与最舒展的飞升相始终。灵魂与奇迹、刹那与永恒最终融为一体。

（原载《名作欣赏》2005 年 2 期）